Friedrich Gerstäcker

Der Wahnsinnige

Eine Erzählung aus Südamerika

Friedrich Gerstäcker

Der Wahnsinnige
Eine Erzählung aus Südamerika

ISBN/EAN: 9783337354718

Hergestellt in Europa, USA, Kanada, Australien, Japan

Cover: Foto ©Andreas Hilbeck / pixelio.de

Weitere Bücher finden Sie auf **www.hansebooks.com**

Der Wahnsinnige.

Eine Erzählung aus Südamerika

von

Friedrich Gerstäcker.

Wittenberg.

Verlag von Franz Mohr.

1856.

━━━━━━

Inhaltsverzeichniß.

1.

Das Irrenhaus zu Buenos-Ayres.

Ganz am äußersten Ende der Straße Santa Rosa in Buenos-Ayres stand ein breitschlächtiges niederes Gebäude, aus rothdunklen verwitterten Backsteinen errichtet; die schmalen und sparsam genug eingebrochenen Fenster mit dicken eisernen Stäben verwahrt, die schwere eichene Thür, oder das Hauptthor eigentlich, mit massiven Balken verschlossen und von der Straße selber aus mit keinem sichtbaren Eingang weiter. Dazu war es eine Strecke in den Platz hineingebaut, auf dem es stand, und das ganze Grundstück, das zu ihm gehören mochte, mit einer verwilderten, aber deshalb um so dichteren Hecke von in einandergedrängten stachlichen Kackteen eingeschlossen, die nur nothdürftig um den schmalen Eingang in dieß Gehöft, soweit gekappt waren, daß man bei vorsichtigem Betreten des äußeren Raums nicht in den Dornen derselben hängen blieb.

So belebt die Straße Santa Rosa nun auch nach dem innern Theil der Stadt zu sein mochte, so still und öde war sie hier, und glich in der That eher einer von traurigen Kacktushecken eingefaßten Landstraße. An den Seiten waren Gräben angebracht, das Wasser abzuleiten; zu den Thüren der einzelnen Hofräume führten schmale, darübergelegte, oft schlüpfrige und wurmzerfressene Bretter und der Fahrweg bestand in der jetzigen Regenzeit, dem südamerikanischen Winter, aus einer schwer flüssigen Schlammmasse, durch die sich die unbehülflichen Karren der Pampas mit ihren zwei Riesenrädern, von schläfrigen Stieren gezogen, langsam hindurch wälzten, und selbst der flüchtige Gaucho[1], der noch weiter draußen, die Straße verschmähend oder eine neue bahnend, über die Fläche dahin geflogen, zügelte hier seinen wilden Galopp und ließ sein ungeduldig schnaubendes, schäumendes Thier langsamer durch die schwimmende Masse hindurchschreiten.

Wenn es überhaupt Fußgänger in der Argentinischen Republik gäbe, wo Alles zu Pferde sitzt, wäre ihr Schuhwerk und ihre Geduld hier erprobt worden, dieser obere Theil der Straße wurde aber fast schon, wie es schien, zum Lande gerechnet, und wer selbst von hier aus irgend etwas aus einem der weiten, dem Mittelpunkt der Stadt zu gelegenen Läden zu holen oder Geschäfte hatte, die ihn dort hin riefen, verschmähte es wahrlich nicht, sein Pferd deshalb zu satteln.

Aber die Straße selber kümmert uns wenig, wir haben es mit dem alten Hause zu thun, und ich wollte die erstere nur etwas genauer beschreiben, dem Leser mehr die traurige, trostlose Öde des ganzen Platzes zu versinnlichen, die sogar noch einen unheimlichen Charakter annahm, wenn man die Bestimmung des alten wettergeschlagenen Gebäudes kannte.

Es war ein Irrenhaus — von Privatleuten angelegt und später, als sich diese nicht mehr im Stande fühlten, es fortzuführen, von der Regierung übernommen, aber in der Aufregung der Zeit nur spärlich verwaltet. Nichts desto weniger befanden sich gegenwärtig elf unglückliche Gäste in den Kammern oder Zellen des Gebäudes — einige in Ketten und Banden, andere frei in ihrem Zimmer, nur wenigen aber verstattet, den inneren, ebenfalls streng abgesperrten Hofraum zu betreten, dann und wann die frische Gottesluft einzuathmen.

Angestellt waren dabei ein Hauptarzt, ein Argentiner oder eigentlich ein geborener Spanier, denn wenn sich die Republik auch von der Regierung des Mutterlandes losgerissen, konnte sie doch noch nicht aus eigenen Kräften die Wissenschaft ersetzen, die ihr von dort herüber gekommen — und zwei Unterärzte, der obere von diesen ein geborener Argentiner aus Cordoba, der andere ein junger Schwede, der von Rio-Grande aus Brasilien, mit vielen Landsleuten und Deutschen herübergekommen war, dem aufblühenden Argentinischen Staat seine Kräfte zu weihen

5

und sich hier rascher und leichter eine Existenz zu gründen. Er hieß Stierna und war der spanischen Sprache vollkommen mächtig.

Diesem, als jüngsten Arzt war auch die Behandlung der leichtesten Kranken anvertraut, die in der That hie und da nur verlangten, daß man nach ihnen sah, damit nicht rauhes Betragen der rauhen Wärter oder schlechtere Kost vielleicht sie unnöthiger Weise errege und ihre gehoffte Heilung erschwere.

Don Alvarado, der Oberarzt, kam selten, und bei sehr schlechtem Wetter nie heraus; Don Pancho hatte indessen die Oberaufsicht, und einzelne der Kranken waren es, die er ausschließlich behandelte, und zu denen er dem jungen Schweden fast nie, selbst nur den Zutritt gestattete, und geschah das wirklich, nur in seinem Beisein.

Zu diesen wenigen, die Don Pancho, und wie er behauptete, ebenfalls Don Alvarado für unheilbar erklärt hatte, gehörte auch ein Spanier, von blassen, aber edlen Zügen, reinlich und geschmackvoll, ja elegant gekleidet, und seine Toilette, auf die er mit größter Sorgfalt hielt, selbst in diesem Aufenthalt des Jammers auch nicht eine Minute vernachlässigend. Das schwarze glänzende Haar fiel ihm in reichen vollen Locken über die Stirn, den linken Zeigefinger schmückte ein kostbarer Diamant und seine Wäsche war vom feinsten Linnen und größter Sauberkeit. Auch in seinem ganzen Betragen war er ernst und ruhig, ein vollkommener Gentleman; und Stierna gab sich, während der zwei Male, die er den Kranken in Don Panchos Gegenwart besuchen durfte, die größte Mühe, irgend ein Symptom seines Leidens in einem äußern Zeichen zu entdecken — vergebens, der Kranke war artig, wenn auch einsilbig, äußerte nur ein paar kleine Wünsche wegen eines Zeichnenapparates und mehrerer Bücher, und der Schwede würde nach den zwei Besuchen nie einen Wahnsinnigen in ihm vermuthet haben — hätte er ihn eben an einem anderen Orte getroffen.

Die Anstalt selbst schien aber ebenfalls größere Rücksicht auf ihn zu nehmen, wie auf einen der anderen Kranken; sein

Zimmer war mit einem Teppich belegt, der den kalten Backsteinboden vollständig bedeckte, er konnte schreiben und zeichnen, eine kleine Bibliothek selbst stand zu seiner Verfügung und er wurde in der That weit mehr wie ein Staatsgefangener, als ein Geisteskranker behandelt, so daß Stierna jedesmal nach einem solchen Besuch mehr und mehr den Gedanken in sich aufsteigen fühlte, es müsse dem Schicksal dieses Unglücklichen irgend ein tiefes und vielleicht gar düsteres Geheimniß zu Grunde liegen. Ein paar Mal versuchte er auch von seinem Collegen Aufschluß über dieß Verhältniß zu bekommen, aber umsonst; so gesprächig Don Pancho in jedem andern Fall auch sein mochte, hierüber gab er dem Frager immer nur kurze und stets ausweichende Antworten, bis diesem die ganze Sache zum peinlichen Räthsel wurde, dem er nun, koste es was es wolle, auch zur Wurzel nachspüren müsse.

Der Zufall war ihm hierbei günstiger als er erwartet hatte; Don Pancho nämlich wurde plötzlich so krank, daß er seinem Amte, von einem bösartigen Schleimfieber an sein Lager gefesselt, längere Zeit nicht mehr vorstehen konnte, und wenn sich auch Don Alvarado in den ersten Tagen der Geschäfte außergewöhnlich lebhaft annahm und die Anstalt den Tag über fast gar nicht mehr verließ, hielt dieser vortreffliche Eifer doch keineswegs so lange aus, wie das Schleimfieber seines Untergebenen, und schon nach drei Wochen ließ er Stierna zu sich rufen. Dort übertrug er ihm die tägliche Aufsicht der übrigen Kranken, zu seiner Hülfe ihm noch einen jungen englischen Arzt erlaubend, der an den Gouverneur Rosas von London selber empfohlen und von diesem augenblicklich eine, wenn auch für jetzt noch untergeordnete Stellung in dem Hospital erhalten hatte, nur freilich während der Krankheit des einen Unterarztes, dem aktiven Arzte mit beigegeben werden sollte.

Nach einer kurzen und allgemeinen Übersicht über die Kranken, kam übrigens Don Alvarado jetzt auch auf den wunderbaren Patienten, den Spanier zu sprechen, und warnte Stierna besonders, sich nicht in zu weitläufige Gespräche mit ihm einzulassen, da der Fall vorgekommen sei, daß er, nach einer sehr lebhaft geführten Unterhaltung einen förmlichen Anfall von Raserei bekommen haben sollte,

7

während er sonst harmlos und still blieb, und selten nur den Dämon verrieth, der in ihm schlummerte.

»Ich glaube gerade nicht,« setzte der alte Herr hinzu, »daß Sie Don Morelos, wie der spanische Cavallero heißt, denn sein Familienname thut hier Nichts zur Sache, mit seinen Phantasieen behelligen wird, wenn Sie sich nur im Mindesten, wie Ihnen aufgetragen worden, von ihm zurückhalten; er ist gerade in letzter Zeit ganz besonders schweigsam gewesen. Um Sie aber auch auf die Möglichkeit eines solchen Falles vorzubereiten, wäre es doch wohl gut, ja vielleicht nöthig, daß ich Ihnen, wenn auch nur mit ganz kurzen Worten die Entstehung seiner Krankheit mittheilte.«

»Mit einem sehr bedeutenden Vermögen kam er nach Buenos-Ayres und seine weitere Geschichte, sein Aufenthalt in dieser Stadt berührt uns nicht, bis wir zu dem Moment kommen, daß er als der anerkannte Bräutigam der Tochter eines unserer ersten Föderalisten eine Rolle in unserer Gesellschaft zu spielen begann. Hier hatte er jedoch mit einem Nebenbuhler zu thun und sein wunderliches abstoßendes Wesen bewirkte nach und nach, daß er sich seiner Braut mehr und mehr entfremdete. Bei dem hitzigen Charakter unserer Landeskinder konnte das nicht lange ohne unruhige Folgen abgehn — die beiden Nebenbuhler bekamen — suchten vielleicht Streit miteinander. Eine Ausforderung wurde angenommen, Don Morelos aber, vielleicht schon damals in einem Anfall von Raserei, erstach den Secundanten seines Gegners und verwundete diesen selber ebenfalls so schwer, daß er für todt auf dem Platz blieb und erst nach langwierigem Krankenlager wieder hergestellt werden konnte.«

»Die Polizei war damals auf seinen Fersen, und man sagt, daß er der Strafe nur durch die merkwürdige Ähnlichkeit eines anderen Mannes entging, der an seiner Stelle von den Mashorqueros unseres glorreichen Gouverneurs ermordet wurde. Als er nach langem Siechthum wieder erstand, war er so verändert, daß man ihn kaum wieder erkannte; aber obgleich man ihn ruhig eine Zeit lang in der Stadt gewähren ließ, hatte man doch noch immer keine Ahnung

8

davon, daß er irrsinnig geworden sein könne, bis er das alte Verhältniß mit seiner früheren Braut, die jetzt aber schon lange seinen früheren Nebenbuhler geheirathet, mit Gewalt fortsetzen wollte und dabei erklärte und behauptete, Donna Constancia sei vor Gott sein Weib, und ihr Gemahl, den er mit den entsetzlichsten Schimpfworten belegte, habe sich heimlich und lügnerisch in ihre Gunst gestohlen. Immer wildere Mährchen setzte er sich dabei zusammen, und damals kam man zuerst auf die Vermuthung, daß er wahnsinnig geworden wäre.«

»Eine genaue Beobachtung seines ganzen wunderlichen Lebens, denn er hatte sich in einem kleinen ärmlichen Häuschen der Vorstadt eingemiethet, setzte übrigens die Thatsache seines Wahnsinnes bald außer allen Zweifel er stieß sogar in einem öffentlichen Kaffeehaus einst einen, ihm wildfremden Menschen, mit dem er in ein immer hitziger werdendes Gespräch gerieth, plötzlich nieder, weil er behauptete, jener habe vor dreiundzwanzig Jahren seine Schwester ermordet — und er selber kann kaum siebenundzwanzig zählen. Dadurch schien aber damals die wirkliche Tollheit bei ihm ausgebrochen zu sein — mit dem noch blutigen Messer stürmte er damals in das Haus der Donna Constancia, ihren Gatten, Don Luis de Gomez, dem er die entsetzlichsten Dinge nachsagte — ebenfalls zu ermorden. Glücklicher Weise warf ihm die Polizei noch dicht vor dessen Thür einen Lasso über, und brachte ihn hierher.«

»Die ersten Wochen mußten wir ihn übrigens in einer der unteren festen Zellen halten; er wüthete und raste und verlangte frei gelassen zu werden; nach und nach legte sich das aber wieder, ja, er wurde so vernünftig, daß man wirklich einmal den Versuch mit ihm machte, ihn wieder, natürlich unter ihm unbewußter Aufsicht, aus der Anstalt zu entlassen. Das wäre aber beinahe schlimm abgelaufen, denn sein erster Gang war in das Haus des Don Luis, und ehe man es verhindern konnte, überfiel er den Señor und würde ihn erwürgt haben, hätte die Polizei nicht noch gerade zur rechten Zeit einspringen können. Er behauptet seit der Zeit, jene Dame sei seine eigene Frau, er aber habe einen Fremden bei ihr ertappt und ermordet, und sei deshalb für einen gewissen Zeitraum von den Gerichten eingekerkert worden. Er beträgt sich nun ruhig und ordentlich, und ich glaube, wir haben erst einen neuen Ausbruch zu erwarten, wenn er seine Zeit für abgelaufen halten wird — und müssen abwarten, wann das geschieht.«

»Sie wissen nun genug,« setzte der alte Herr hinzu, »Ihren Patienten zu behandeln; wie gesagt, vermeiden Sie am Besten jede Unterhaltung mit ihm. Sollte er aber doch, w i d e r Erwarten, gesprächig werden und neue Thorheiten aushecken, so wünsche ich, daß ich augenblicklich davon unterrichtet werde.«

Stierna empfahl sich, und sein erster Gang war nach der Straße Santa Rosa zurück, die Zellen zu revidiren, und vor allen Dingen den jungen Mann zu besuchen, für den er, besonders nach der eben gehörten Erzählung, ein unbeschreibliches Interesse zu fühlen begann.

Der alte Don Alvarado hatte aber recht gehabt, Don Morelos begrüßte allerdings seine »neue Bekanntschaft,« wie er ihn nannte, auf das Artigste, schien aber nicht im Mindesten zu einer Unterhaltung aufgelegt, und drei Besuche vergingen, ohne daß der junge Arzt, der vor Ungeduld brannte, sich den Charakter dieses wunderbaren Kranken entwickeln zu sehen, mehr aus ihm herausgebracht hätte, als die gewöhnlichsten und alltäglichsten Begrüßungs- und Höflichkeitsphrasen.

Am vierten Tag schien der Kranke unruhiger als früher — er war erregt und sein Puls zeigte sogar ein leichtes Fieber. — Stierna erkundigte sich theilnehmend nach den einzelnen Symptomen, die ihm der Spanier jedoch nur als in einer unbedeutenden Erkältung entspringend, angab. Dadurch hatte sich aber zwischen beiden Männern eine Art Annäherung gebildet — es war fast, als ob zwischen ihnen eine Schranke gefallen sei, und der junge Spanier wurde, ehe ihn der Arzt wieder verließ, fast heiter, scherzte und lachte, und erzählte Anekdoten aus seinem frühern Leben — ohne jedoch die unmittelbar vor seiner Einkerkerung liegende Periode auch nur mit einer Sylbe zu erwähnen.

10

Als Stierna am andern Morgen wieder in seine Zelle trat, war es fast, als ob er einen alten Freund begrüßte, und doch hatte Don Morelos auch im Anfang wieder etwas Zurückhaltendes — es war, als ob ihm etwas auf dem Herzen liege, dessen er sich zu entlasten wünsche, und doch den Muth dazu nicht fassen könne. Stierna sah dies weniger, als daß er es fühlte, und mit der Berechtigung des Arztes, dem Kranken mit seinen Fragen geradezu in das Herz des Leidens, an die Wurzel des Übels zu gehen, nahm er seine Hand, und bat ihn frei und offen, mit ihm wie mit einem Bruder zu sprechen, wenn er irgend etwas für ihn thun, ihn in irgend etwas erleichtern könne.

Der junge Spanier sah ihn erst, wohl eine volle Minute, ernst und schweigend an, dann aber schüttelte er leise und wehmüthig lächelnd mit dem Kopf und sagte tief aufseufzend, und wie es schien mehr mit sich selber als zu dem Arzte redend:

»Es ist Alles vergebens — Sie würden mir doch nicht glauben, und — ich bin früher nach solchen Erklärungen nur härter behandelt worden — Rosas ist zu mächtig.«

Stierna sah ihn erstaunt an — diese Worte, ruhig und ohne die geringste Leidenschaft gesprochen, klangen gar nicht wie aus dem Munde eines Wahnsinnigen, und doch, auf eine unendlich verschiedene Weise äußert sich dieß entsetzlichste der menschlichen Leiden — der Irrsinn — wenn er das arme Hirn zerrüttet und den verstümmelten Geist nur noch im Körper gelassen zu haben scheint, die willenlose Maschine in toller ungeregelter Bahn vorwärts zu treiben — was Wunder, daß sie manchmal auf kurze Zeit der geraden ebenen Straße folgt, wer aber weiß, wenn und wie schnell sie wieder rechts oder links abstürmt in das Leere.

Der junge Spanier warf einen halb forschenden, halb schmerzlichen Blick auf das Antlitz des jungen Arztes, und als ob er gelesen, was in dessen Inneren vorgegangen, setzte er, mit dem Kopfe still vor sich hinnickend und kaum hörbar hinzu:

»Auch er!«

Stierna fühlte sich in einer peinlichen Situation; das Gespräch war plötzlich viel zu ernst geworden, ihn die Gefahr nicht einsehn zu lassen, wenn er darauf einging, und wie konnte er jetzt am besten wieder zurück? — Das Einfachste schien, irgend ein anderes Gespräch zu beginnen, ehe er aber dazu kommen konnte, stand Don Morelos plötzlich auf, nickte finster lächelnd mit dem Kopf, und ein paar Mal im Zimmer auf und ab gehend, sagte er endlich:

»Ich sehe, Sie haben Ihnen schon dasselbe Mährchen von mir erzählt, wie meinem früheren — Wärter, ich bin Ihnen als ein Tollhäusler geschildert, der anderer Leute Frauen für seine eigenen hält und die Männer deshalb anfällt — nicht wahr, ich habe recht?«

Er blieb, während er diese Worte sprach, lächelnd und mit verschränkten Armen vor Stierna stehen, und es lag etwas Triumphirendes in seinen Mienen, denn die Überraschung des jungen Arztes war deutlich in dessen Zügen ausgeprägt.

»Und Sie fühlen, daß dies nur eine Phantasie ist?« frug der Schwede, aber erst nach einer Pause, in der er wirklich seine Sinne diesem neuen Eindruck sammeln mußte. — »Sie sind überzeugt, daß diese Ideen nicht wieder kehren werden?«

»Lieber Freund,« sagte der Spanier ernst, »nur Gott kann hier für uns einstehen für das was wir werden sollen; nehmen Sie aber den gesundesten Gaucho von der Straße herauf, sperren ihn in einen dieser Räume — schreien ihm in's Ohr, daß er sich in einem Irrenhause befände und selber toll sei, und seine Sinneswerkzeuge müßten von Stahl und Eisen sein, wenn er es nicht wirklich auch am Ende würde — der Geist hält es nicht aus, gegen eine solche furchtbare Idee immer und immer wieder vergebens anzukämpfen.«

»Aber wenn Sie fühlen, daß Sie jene Idee abgeschüttelt haben, so werden sich diese Thore auch bald Ihnen öffnen — ich will gleich heute mit Don Alvarado —«

»Um Gottes Willen nicht!« unterbrach ihn der Spanier

rasch und ängstlich, indem er seinen Arm ergriff; »das einzige Resultat davon wäre, daß man Sie nicht wieder zu mir ließe, und ich — fürchte jetzt fast, Sie wieder zu verlieren.«

»Aber Sie glauben doch nicht, daß man Sie hier zurückhalten würde, wenn nicht —«

»Wie lange sind Sie in der Argentinischen Republik?« unterbrach ihn Don Morelos finster.

»Zehn Monate etwa,« lautete die Antwort.

»Ich dachte es,« sagte der Spanier leise, »da stehen Ihnen denn freilich noch traurige Erfahrungen bevor. So wissen Sie denn, daß ich ein Opfer von Rosas furchtbarer, aber schlauer Politik geworden bin. Er hätte mich mit leichter Mühe tödten können — er hat das Blut Tausender vergossen, und das meinige würde nicht viel schwerer auf seiner Seele gelastet haben — aber er braucht in späterer Zeit die B e w e i s e meines Lebens — es sind dies Familienverhältnisse, zu denen es Stunden bedürfen würde, sie Ihnen auseinander zu setzen — und während er keine passende Entschuldigung finden konnte, mich in einen Kerker zu werfen, wurde die Straße Santa Rosa ein vortreffliches Asyl für den armen G e i s t e s k r a n k e n.«

»Aber Don Alvarado —«

»Darf nicht anders — lieber Freund, wir hüten uns zu tanzen, wenn wir auf der dünnen Kruste eines Vulkans stehen. Don Alvarado weiß recht gut, daß er dem Willen des Diktators nicht entgegenhandeln d a r f, und daß es selbst zu einem Verbrechen werden könnte, auch nur seinem W u n s c h e nicht zu begegnen; die Mashorqueros[2] sind vortreffliche Überzeugungsgründe, und es erfordert starke Nerven, oder — ein schnelles Roß — ihnen zu widerstreben.«

»Aber jene Dame?« — sagte Stierna, noch immer zögernd und halb ungläubig, obgleich ihn das ruhige resignirte Benehmen des wahnsinnig gesagten als fast zu starke

Beweise für dessen Behauptungen erwuchsen.

»Die Dame?« lächelte Don Morelos wehmüthig, und barg für wenige Sekunden seine Augen in der deckenden Hand, dann sich aber emporrichtend sagte er langsam und leise mit dem Kopf dazu nickend: —

»Sie verstehen es — sie verstehen es, die Teufel, Einem das Herz in der Brust zu wenden nach eigenem Gutdünken, und wenn es blutet, schreien sie Mord! er ist der Thäter — das ist Gottes Gericht. Nein, Señor,« wandte er sich dann lebendiger an den jungen Mann, »lassen Sie nicht auch das eigene Herz Zeuge gegen den Verstand eines Unglücklichen sein — behandeln Sie mich wenigstens nicht wie einen Tollen, und wenn Sie mir auch nicht helfen können, lassen Sie mir wenigstens das Glück, ein Wesen in meiner Nähe zu wissen, das nicht, mit den Übrigen im Bund, mich nur dahin zu treiben sucht, wofür diese mich ausgeben.«

Stierna fühlte sich, als er den Unglücklichen an diesem Tage verließ, wie im Traum, und die widersprechensten Gefühle kämpften in seinem Innern. Verhielt sich die Sache wirklich so, als sie ihm Don Morelos erzählt, und was auch seine Vernunft dazu sagen wollte, sein Herz drängte ihn, es zu glauben — so war er hier der Mitschuldige eines furchtbaren Verbrechens, einer That, weit schlimmer als kaltblütiger Mord, denn dieser tödtet nur den Leib, während jene darauf hin arbeitete, die Seele eines Menschen langsam und teuflisch zu vernichten.

Am nächsten Morgen suchte er Don Alvarado auf, aber dessen mißtrauischer Blick nur, als er die erste, noch ganz gleichgültige Frage über diesen Kranken that, warnte ihn, weiter zu gehen, wenn er nicht allerdings befürchten wollte, von jeder Verbindung mit ihm abgeschnitten zu werden. Ebenso vergebens waren seine Nachforschungen in der Stadt, etwas Näheres von Unbetheiligten über den Zustand des jungen Spaniers zu hören. Man erinnerte sich allerdings noch eines ähnlichen Vorfalls; die letzten Jahre hatten aber so viel des Neuen und Entsetzlichen gebracht, daß einzelne Daten in dem allgemeinen Strom des Blutes, das durch die Straßen der Stadt, oft aus den treuesten Herzen geflossen, untergingen und verschwanden. Niemand dachte mehr, wie es schien, an diesen besonderen Fall, und nur ein einziger alter Spanier, der Don Morelos auch wohl früher persönlich gekannt, äußerte gegen den jungen Arzt, mehr dabei als wohlmeinende Warnung, wie irgend eine Auskunft gebend — »es sei vollkommen hinreichend, von dem Diktator für wahnsinnig erkannt zu sein — um es wirklich zu werden.«

Alles das diente nur dazu, dem exaltirten jungen Schweden mehr und mehr die eigene Erklärung des angeblichen Kranken glaubhaft erscheinen zu lassen, und so peinlich wurde ihm zuletzt das Gefühl, der Gefängnißwärter eines unschuldig Eingekerkerten sein zu müssen, daß er Pläne auf Pläne entwarf, dem zu entgehen, oder ein Mittel aufzufinden, dem Gefangenen zu helfen.

Don Pancho hatte sich indessen von seiner Krankheit erholt, und war wenigstens so weit hergestellt worden, theilweise seinen früheren Dienst wieder zu versehen; Stierna mußte ihn allerdings noch sehr dabei unterstützen, aber einige wenige Kranke, und unter diesen Don Morelos, nahm er wieder unter seine eigene Aufsicht, und nur das schien der Schwede durch die bisher ihm überlassene Behandlung gewonnen zu haben, daß er nicht mehr so streng von diesem entfernt gehalten wurde, und wenigstens dann und wann Zutritt hatte.

Gerade dieser gewisse Zwang beförderte aber, ja beschleunigte, was vielleicht monatelanges freies Aus- und Eingehen des jungen Arztes, wenigstens nicht in der Stärke bewirkt haben würde — diese beiden jungen Leute, der Arzt und sein »Kranker«, wurden innige Freunde, und Stierna's einziges Streben war jetzt darauf gerichtet, ein Mittel ausfindig zu machen, den Freund zu retten. Noch aber hatte er mit ihm selber nicht ein Wort darüber gesprochen, denn wenn er auch mit Freuden seine ganze Stellung, wie die Gewißheit, hier einst eine sichere Existenz für sich zu gründen, von sich geworfen hätte, fehlte es ihm doch an den nöthigen Mitteln, eine Flucht glücklich durchzuführen, die, wenn vor der Zeit entdeckt, jedenfalls sein Leben gekostet, und die Lage des unglücklichen Gefangenen gewiß um vieles verschlimmert haben würde.

Augenscheinlich war dabei, daß der Gefangene selber zu viel Zartgefühl besaß, diesen Punkt zu berühren — er mußte ja recht gut wissen, was davon für seinen jungen Freund abhing, und überdieß war eine Flucht aus diesem Gebäude, das mit einer Masse müßiger Wächter versehen, unter der besonderen Aufsicht des Gouverneurs stand, auch gar nicht so leicht, und der schwächliche Spanier durfte sich dabei nicht einmal auf seine eigene Energie und Ausdauer verlassen. Stierna wurde sein Zustand aber trotzdem zuletzt so peinlich, daß er es nicht länger ertragen konnte, und unter jeder Bedingung beschloß, Don Morelos wenigstens von seiner eigenen Absicht in Kenntniß zu setzen, und ihm seine Hülfe anzubieten, wenn er nur irgend einen haltbaren Plan wüßte, die Flucht nicht allein aus dem Kerker, sondern auch auf Nachbargebiet nach Brasilien oder wenigstens nach Monte-Video zu bewerkstelligen.

Hierzu fand sich bald eine günstige Stunde; Don Pancho war eines Nachmittags mit Don Alvarado zu dem Diktator selber geladen, vielleicht einen Bericht über ihre Kranken abzulegen, und Stierna säumte diesmal nicht, den, vielleicht nicht sobald wiederkehrenden Augenblick zu benutzen.

Merkwürdig und eigenthümlich war der Eindruck, den die Erklärung des jungen Mannes auf den Gefangenen machte. — Er wurde leichenblaß, sah den Freund wohl eine halbe Minute starr und regungslos an, und barg dann das Antlitz in den Händen, während sein Körper wie in furchtbarer Aufregung arbeitete, und das Blut in den Adern seiner Schläfe aus der bleichen Haut herauszuspritzen drohte. Auch erst nach langer Zeit gab sich diese durch die plötzliche Freudenbotschaft vielleicht so gewaltsam heraufbeschworene Leidenschaft, und als er die Hände endlich wieder von seinen Zügen entfernte, hatten diese ihre volle Ruhe zurückgenommen; nur die Augen leuchteten noch in einem wilden, fast unheimlichen Feuer. Er lauschte auch jetzt den Plänen und Vorschlägen des jungen Schweden mit lautloser Ruhe, ja eigene Ideen schienen sich

16

bei ihm in derselben Zeit zu bilden, und als ihn »Don Federigo« (wie der junge Arzt, nach der Sitte der Südamerikaner die Leute mit ihren Vornamen zu belegen, gewöhnlich hier genannt wurde), endlich um seine Meinung frug, gab er eine ganz verkehrte Antwort. Erst als Stierna als Haupt-, ja als einzige Schwierigkeit des ganzen Gelingens den Mangel an baarem Geld erwähnte, ohne das es fast eine Unmöglichkeit sein würde, zu entkommen, ergriff er des Doktors Hand und sagte rasch und fast fröhlich:

»Wenn weiter keine Fessel meinen Fuß hier bindet, so ist die bald gehoben — kennen Sie die Straße Piedras? — die dritte von hier, die nächste gleich nach Chacabuco? dort an der Ecke vom Commercio steht ein kleines niederes Backsteinhaus — hier ist die Adresse des Mannes an der Plaza, der es zu vermiethen hat — steht es leer, miethen Sie es um jeden Preis, hat es einen Miethsmann, so bieten Sie dem Eigenthümer das Doppelte, Dreifache — Hundertfache —« Er besann sich plötzlich und hielt sich seine Schläfe — er war in furchtbarer Aufregung, aber die Wichtigkeit des Moments entschuldigte das auch vollkommen in Stierna's Augen, und nun seine Hand fassend, bat er ihn sich zu mäßigen, daß man ihn nicht in den nächsten Zimmern höre, und einer der Wächter vielleicht herbeigerufen würde.

Don Morelos, der bei der ersten Berührung förmlich zusammenzuckte, erholte sich doch schnell wieder und einige Mal jetzt mit raschen Schritten im Zimmer auf und ab gehend, schien er endlich in der gewaltigen, freudigen Aufregung des Augenblicks seine Sinne soweit gesammelt zu haben, die Gedanken auf den einen, für sie jetzt wichtigsten Punkt zu bringen. Er theilte nun dem aufmerksam lauschenden Freunde mit, daß er in dem Eckzimmer jenes kleinen Gebäudes, in welchem er mehrere Monate seines ersten Aufenthalts in Buenos-Ayres gewohnt, unter ein paar genau bezeichneten Steinen einen Beutel mit Unzen verborgen habe, die für die nächste Zeit alle ihre Bedürfnisse reichlich decken und ihre Passage nach irgend einem Theil der Welt bezahlt haben würde. Gelang es ihnen, sich, und sei es auch nur auf einen einzigen Tag, in ungestörten Besitz des Zimmers zu setzen, so hatten sie was sie brauchten, alle ihre Pläne in Ausführung zu bringen, und Stierna selbst, bis zu krankhafter Erregung getrieben, verließ den Spanier, den erhaltenen Auftrag so rasch als möglich auszuführen.

Vorerst suchte er das bezeichnete Haus in der Calle Piedras auf, und fand es zu seiner Freude unbewohnt; der Wirth, zugleich Eigenthümer einer Pulperia oder Schenkwirthschaft, machte erst Schwierigkeiten, da er schon in nächster Woche dort oben gleichfalls ein Schenkhaus für *agua ardiente* und *caña* anlegen wollte, als ihm aber Stierna selbst für die eine Woche einen guten Miethzins bot, indem er vorgab, die gegenüberliegenden Häuser im Auftrag ihres Eigenthümers abzeichnen zu wollen, verstand er sich dazu, und der junge Doktor schaffte noch an demselben Abend eine Staffelei mit dem nöthigen Zeichnen- und Malapparat in die glücklich gewonnene Stube.

2.

Die Flucht.

Zwei Tage später waren alle nöthigen Vorbereitungen getroffen; Stierna hatte das Gold gefunden und glücklicher Weise lag gerade ein deutsches Fahrzeug im Hafen, das am nächsten Morgen, mit Tagesanbruch segeln wollte. Es war nach Valparaiso bestimmt, wollte aber erst noch einmal Monte-Video anlaufen, um dort einige Passagiere an's Land zu setzen, und da Rosas Gewalt nicht bis zu diesem Orte reichte, ein Flüchtling der Argentinischen Republik jedoch mit offenen Armen dort empfangen wurde, akkordirte er zwei Plätze nach dieser Stadt, und schaffte durch die Gefälligkeit des Capitains unterstützt, der ihm die eigenen Leute dazu borgte, mit einbrechender Dunkelheit was er hatte aus seiner Wohnung an die Landung, wo es von dem Kapitain selber in Empfang genommen, für seine eigenen Effekten ausgegeben, und an Bord gebracht wurde. Zu gleicher Zeit hatte er sich eine kleine Strickleiter zu verschaffen gewußt, die der junge Spanier unter seine Matratze verbergen mußte, die Stäbe waren ebenfalls bald durchgefeilt, und es galt jetzt nur noch, nach zehn Uhr, wenn die Revision vorbei war, die beiden Schildwachen vorn am Hause auf kurze Zeit zu beschäftigen, wozu Stierna ebenfalls die beste Gelegenheit hatte und benutzte.

Unten in der Wohnung, in einer der festen Zellen, lag ein Rasender an Ketten, tobend, bis ihm die fast herkulischen Kräfte versagten, und schwach und lenksam wie ein Kind für die kurze Zeit der Rast, bis die erschöpften Sehnen wieder neues Leben, und dadurch die in ihm gährende Wuth auch, wie es schien, neue Nahrung fand. Die Erinnerung an irgend etwas Bestimmtes schien er verloren zu haben — er ras'te eben blos, nur Rosas Name durfte nicht in seiner Gegenwart genannt werden, wenn man nicht fürchten wollte, daß er selbst diese furchtbaren Banden zerriß, die ihn fast zu Boden drückten. — Seine Zähne knirschten dann über einander, als ob sie zersplittern müßten, der weiße Schaum trat ihm auf die Lippen, und die Augen quollen förmlich aus ihren Höhlen. Es ging ein dumpfes Gerücht im Haus, daß dem Mann, durch die Mashorqueros des Diktators vor seinen Augen und in wenigen Minuten fünf erwachsene Söhne abgeschlachtet wären, aber man murmelte das mehr als einen Vorwurf für den Alten, daß er solch alltäglichen Falles wegen den Verstand verloren, da ihm Rosas noch dazu den Kopf dafür gelassen, — gegen die That selber wagte Niemand ein Wort zu äußern.

Dieser Unglückliche hatte sich an dem einen Handgelenk wundgescheuert, und Stierna, dem schon an diesem Morgen der Auftrag geworden, die Kette abzunehmen und anders zu befestigen, verschob dies als eine, seinem Plan vollkommen günstige Gelegenheit bis zum Abend. Vor Dunkelwerden mußte er das allerdings vornehmen lassen, fand aber noch eine Ausrede in dem ihm gefährlich dünkenden Zustand des Alten, das Abnehmen der Ketten, das ihn wieder aufregen konnte, hinauszuschieben, und rief nun, als er die Zeit für passend hielt und dem Freund das verabredete Zeichen gegeben, die beiden Schildwachen nach vorn zum Haus, dort zur Hülfe bereit zu sein, wenn der Unglückliche, mit dem sie es hier zu thun hatten, vielleicht gerade dann einen seiner Wuthanfälle bekommen sollte. Sämmtliche Wärter der Anstalt interessirten sich ebenfalls für den Alten, der im ganzen Haus nur den Namen *el bruto* führte, und wer nicht um ihn wirklich beschäftigt war, drängte sich doch in den Gang, zu sehen, wie sich »das Thier« benehmen würde.

Don Morelos ließ indeß die Zeit nicht unbenutzt vorbeigehen — rasch waren die, schon lange durchgefeilten Eisenstäbe ausgebrochen, und mit der Gewandtheit einer Katze glitt er an der schwanken Leiter nieder, schlich zu dem Kaktuszaun, schnitt sich hier mit einem großen Argentinischen Messer, das ihm Stierna ebenfalls verschafft hatte, die Bahn ins Freie, und war wenige Minuten später in der Dunkelheit verschwunden.

Der Schwede hatte indessen die Kette von dem Arm des Unglücklichen nehmen lassen, und die Wunde am Knöchel verbunden, — der Tolle saß auch ruhig dabei, und ließ Alles geduldig mit sich geschehen, neugierig nur starrte er auf die Gesichter der Umstehenden, und es war fast, als ob er in dem Chaos seiner Erinnerungen vergebens nach ähnlichen Zügen suche. Zwei Männer hatten ihn, trotz dem Eisen an den Füßen, halten sollen, da er sich aber so ganz ruhig verhielt, ja so schwach schien, daß er kaum im Stande war, aufrecht zu sitzen, ließen sie die umklammerten Arme los und lehnten seinen Oberkörper an ihre Knie.

Die Wunde war indessen ausgewaschen, fing aber wieder frisch zu bluten an, und Stierna wickelte das mit einer kühlenden Salbe bestrichene Leinen darum, die Blutung zu stillen. Jenes furchtbare, nichtssagende todte Lächeln schwebte dabei um die Lippen des Unglücklichen und zuckte in seinen Wimpern, — der Schmerz des Verbindens machte ihn zuerst aufmerksam auf seinen Arm, und in dem nämlichen Moment fast quoll das Blut durch die Leinwand und färbte diese.

Die Wirkung war entsetzlich, und ehe die hinter ihm Stehenden nur so weit die verlorene Besinnung wieder gewannen, zuzugreifen, hatte sich der, noch vor wenigen Minuten fast hülflose Greis emporgeschnellt, und mit dem tollen Aufschrei »Blut! — Blut! — Das war der erste!« — warf er sich auf einen der Wärter, der die Lampe hielt und schlug ihm, wie ein wildes Thier im Ansprung, die Zähne in die Brust.

»Hülfe!« schrie der Arme, ließ die Lampe fallen und stürzte rückwärts zu Boden nieder — »Hülfe! Erbarmen!« aber der Rasende hatte ihn zu fest und sicher gepackt, und vergebens warfen sich die Wärter jetzt auf ihn, ihn fortzureißen, vergebens schlug ihn Einer derselben, als jede andere angewandte Gewalt nutzlos blieb, mit seiner eigenen Kette auf die Stirn, daß er betäubt zusammenbrach. Die Zähne ließen nicht los, bis sie das Fleisch, das sie gefaßt, vom Körper trennten, und jetzt, an allen Gliedern wieder gefesselt, wurde der noch immer Bewußtlose, mit schnell umgelegtem Verbande, in seine Zelle zurückgeschleift.

Stierna mußte jetzt erst noch den schwer verwundeten Wärter verbinden, und dann dem finsteren Schreckenshaus, das noch in seiner letzten Scene so furchtbare Erinnerung für ihn bewahren sollte, ein leises, aber aus innerster Brust kommendes Lebewohl zurufend, warf er sich auf sein draußen angebunden stehendes Pferd, und trabte rasch die Straße hinab, dem inneren Stadttheile zu, wo er seinen jungen Freund an einem, ihm genau bezeichneten Ort schon zu finden hoffte.

Während die Wärter in dem Irrenhaus mit dem Tollen rangen, sprang die Straße hinunter, den Schlamm nicht achtend, der um sie her spritzte, eine dunkle Gestalt mit bleichen, fast geisterhaften Zügen; der Straße Santa Rosa folgend, bog sie erst in die von Santa Clara ein, und vollkommen mit der Lokalität des Platzes bekannt, wie es schien, mäßigte sie erst ihren Schritt, als sie sich einem großen dunklen Gebäude näherte, das die Ecke dieser und der Calle Lima bildeten. In den langen Pancho gehüllt, drückte sie sich, diesem gegenüber, in den dunklen Schatten eines anderen hohen Hauses, von den Vorübergehenden oft und neugierig angestarrt, aber ohne ihrer zu achten, ja vielleicht ohne sie zu bemerken, und blickte, das Antlitz jetzt total in dem weiten Tuche versteckt, daß die glühenden Augen nur eben darüber sichtbar waren, regungslos nach einem dicht verhangenen, und stark vergitterten Fenster des unteren Stocks hinüber, aus dem ein schwacher Lichtstrahl vordämmerte. Aber die Thür öffnete sich nicht — Niemand verließ das Gebäude, Niemand betrat es, und eben das einzelne Licht ausgenommen, hätte man die ganze düstere Steinmasse für öde und unbewohnt halten können.

Es war nahe an zehn Uhr, nur noch einzelne Fußgänger, die hier in dem belebtesten Theil der Stadt, in dem selbst Trottoirs hergerichtet waren, ihren eigenen Wohnungen zueilten, brachen manchmal die stille Öde der Straße, diese aber wichen jetzt scheu der noch immer dort lehnenden Gestalt aus, und beschrieben, selbst den Schlamm des Fahrwegs nicht achtend, lieber einen Bogen um sie, oder kreuzten nach der anderen Seite hinüber. Alle Läden, alle Thüren waren geschlossen, die meisten Lichter sogar schon verlöscht, nur das eine, in dem dunklen Haus warf noch seinen matten Schein auf den Vorhang, der das Innere des Gemaches vollständig den Augen der Vorübergehenden verbarg.

Niemand war jetzt mehr auf der Straße zu hören, eine kleine Patrouille Argentinischer Miliz bog um die nächste Ecke und marschirte, zur Ablösung irgend eines Postens, die Straße hinab, dem Castell zu — ihre Schritte verhallten in der Ferne und deutlich tönte der scharfe eigenthümliche Flügelschlag zahlreicher Züge von Wildenten, die von dem Strom nach den zahlreichen Binnenwässern hinüber oder zurückstrichen, durch die Nacht, und unterbrach die sonst todtenähnliche Stille.

Der Mann in dem dunklen Pancho schritt jetzt rasch quer über die Straße hinüber, horchte einen Augenblick an der

Thür und ließ dann zweimal den Klopfer aufschlagen, daß es durch das ganze Gebäude hallte. Wenige Sekunden später ging drinnen eine Thür, ein schwerer Schritt klappte durch das Haus, und eine Stimme von innen heraus frug wer da sei. —

»*Viva la confederation!*[3]« sagte der nächtliche Klopfer mit lauter, ruhiger Stimme.

»*Mueran los salvajes Unitarios,*[4]« antwortete der im Haus Befindliche, und zwei zurückgeschobene Riegel kündeten gleich darauf, wie er das Feldgeschrei seiner Parthei für eine hinlängliche Bürgschaft des guten Charakters seines nächtlichen Besuches halte, ihm selbst in dieser späten Stunde Einlaß zu gönnen. Gleich darauf wurde ein Schlüssel im Schloß umgedreht und die Thür öffnete sich nach Innen, während das Licht der Lampe, die der Aufschließende in der Hand hielt, voll auf das Antlitz seines späten und ungekannten Besuchers fiel.

»*Ave Maria!*« sagte der Alte aber fast unwillkürlich, als er das todtenbleiche Gesicht und die dunkelglühenden Augen gewahrte, die auf ihn geheftet waren — »was wünscht Ihr, Señor, zu so später Zeit?«

Der Fremde strich sich mit der Linken das feuchte rabenschwarze Haar aus der Stirn und sagte dann mit ruhiger Stimme, die der unruhige Ausdruck seiner Züge freilich Lügen strafte.

»Ich muß um Entschuldigung bitten, Sie so spät zu stören, aber ein wichtiger Auftrag zwang mich dazu — ist Don Luis de Gomez noch zu sprechen?«

»Don Luis ist nicht zu Hause,« erwiderte der Alte, und musterte jetzt zum ersten Mal, und wie es schien, etwas erstaunt den verstörten und schlammbespritzten Anzug des Fremden, »Ihr kommt wohl aus dem Inneren, Señor?« setzte er dann fragend hinzu. —

»Nicht zu Hause?« wiederholte aber der Fremde rasch und wie es schien ungläubig — »sagt ihm, guter Freund, daß ich

23

ihm wichtige Depeschen bringe, deren Verschieben Unheil über viele Menschen bringen könnte.«

»Aber Don Luis hat Buenos-Ayres schon vor drei Monaten verlassen,« bekräftigte der Alte seine frühere Aussage, »und ist nach Valparaiso im Auftrag Sr. Excellenz des Gouverneurs gegangen — den Gott beschützen möge.«

»Nicht in Buenos-Ayres?« rief der Fremde, erschreckt einen Schritt zurücktretend — »nach Chile? — und Donna Constancia? —«

Ehe der Alte diese zweite Frage noch beantworten konnte, öffnete sich die Seitenthür, und eine alte Dame, den Kopf sorgfältig in ihre Mantille eingeschlagen, die sie unter dem Kinn durchgezogen und über die linke Schulter zurückgeworfen hatte, schaute heraus, hatte aber kaum das bleiche Antlitz des Fremden erkannt, auf das in diesem Augenblick das volle flackernde Licht der Lampe fiel und ihm einen noch viel wilderen unheimlicheren Ausdruck gab, als sie einen gellenden Schreckens- und Hülfeschrei ausstieß und die Thüre wieder ins Schloß werfend, vor der sie ihren Gatten oder was er sonst sein mochte, total und unbekümmert seinem Schicksal überließ, riß sie das Fenster ihrer Stube auf und rief mit einer Stimme, die Todte hätte erwecken können »Hülfe« und »Mord« in die stille Nacht hinaus.

Der Alte erschrak natürlich nicht wenig über den unerwarteten, und für jetzt allerdings noch total unbegründeten Nothschrei, riß aber doch das Messer, das er wie jeder Argentiner bei sich trug, aus der Scheide, und sah den bleichen Fremden verdutzt und unentschlossen an. Dieser war bei dem ersten Schrei der Frau wild emporgezuckt, und auch seine Hand griff wohl unwillkürlich nach der, unter dem Pancho verborgenen Waffe, wie er aber das Hülfegeschrei der Frau nach der Straße zu hörte, stutzte und horchte er erst einige Secunden und stieß dann plötzlich ein so wildes fürchterliches Gelächter aus, daß der Alte entsetzt zurücktaumelte. In dem nämlichen Augenblick war aber dieser wilde unheimliche Besuch durch die noch offene Hausthür wieder hinaus auf

24

die Straße geschlüpft, und während der Alte mit vor förmlicher Todesfurcht zitternden Händen, die Riegel wieder vorschob und seiner Frau, lange vergeblich durch die verschlossene und von Innen förmlich verbarrikadirte Thür zurief, daß jede Gefahr — wenn überhaupt irgend eine vorhanden gewesen, vorüber sei, floh Morelos mit lautem, schallendem Gelächter die menschenleere Straße hinab und das Hülfegeschrei der alten Dame tönte gellend hinter ihm drein.

Keine Thür, kein Fenster öffnete sich dabei. — Anfälle auf offener Straße gehörten in gegenwärtiger Zeit, und unter Rosas strenger Polizei, allerdings zu den Seltenheiten, fielen aber doch dann und wann vor, und Privatleute hüteten sich wohl, sich in derlei Streitigkeiten zu mischen; ja wer sich gerade zufällig in der Nähe auf der Straße fand, floh, so rasch er konnte, solcher Nachbarschaft zu entgehen, die oft in ihren Folgen selbst für die Zeugen lange Verhöre und selbst für Einkerkerungen mit sich brachten — hatte sich endlich die Polizei wirklich einmal in's Mittel geschlagen.

Als der Lärm verhallt war, marschirte auch heute eine kleine Militärpatrouille von sechs Negersoldaten und einem Mulatten als Unterofficier, langsam durch die Straße — an den Ecken hielt sie still, Straße auf und ab zu horchen, ob sich noch etwas vernehmen lasse, und schickte hie und da einen Mann nach rechts oder links ab, zu sehen, ob der dunkle Gegenstand an der anderen Seite der Straße vielleicht die Leiche irgend eines Ermordeten wäre, als sie aber nichts weiter Verdächtiges fand, zog sie sich, sehr zufrieden mit dem Resultat, in ihre Quartiere zurück.

Am Ufer des La Plata und überhalb der sogenannten Bootlandung läuft eine einzelne Reihe von Ombubäumen hinauf, die dort enden, wo die Stadt eigentlich, trotz dem ausgelegten Plan noch nicht begonnen hat, und eine hohe Plankenwand weiter keinen Zweck zu haben scheint, als das

Ufer gegen das Anstürmen der Wellen zu schützen, die hier, bei einem tüchtigen Südosten oft in rasender Gewalt gegen die Küste auftoben können, während der fast seegleiche Strom mit jedem anderen Winde diese Bucht in Spiegelglätte hält.

Auf dem Platz lag Bauholz zerstreut umher, und unter dem letzten Ombubaum, der mit seinen breiten, dichten Ästen seinen Stamm in völlige Dunkelheit hüllte, stand Stierna in peinlicher Ungeduld und harrte Stunde nach Stunde vergebens des Freundes. Was war aus ihm geworden, konnte ihm ein Unglück zugestoßen — konnte er erkannt und wieder eingefangen sein? Das Herz schlug dem jungen Schweden in quälender Angst um den Unglücklichen, denn nicht retten hätte er ihn dann wieder können, und er selber durfte sich, war ihm sein Leben lieb, wahrlich nicht wieder in der Stadt zeigen, wo er, ein öffentlich Angestellter des mächtigen Gouverneurs, diesem selbst in seinen Plänen entgegengewirkt.

Schon hatte er eine Zeit lang von den Thürmen zehn Uhr schlagen hören, als sich plötzlich Schritte nahten — es war das regelmäßige Auftreten einer Wache, die den breiten Fahrweg niederkam und auch dicht an dem Baum, an dessen Stamm geschmiegt der Doktor stand, vorbeimarschirte.

»Bei dem Wetter soll man nun recognosciren,« sagte der eine der Soldaten, die sich höchst unbefangen mit einander unterhielten, zu dem anderen — »und man weiß gar nicht, wo der Lärm gewesen ist.« —

»Bei Don Gomez — meint die eine Wache,« erwiederte ein anderer, »aber noch ist nichts Bestimmtes bekannt — wie wir vorbeimarschirten war ja auch Alles still und ruhig dort.« —

Die Worte verklangen in der Ferne, und Stierna zerbrach sich eben den Kopf, was man mit dieser Patrouille hier eigentlich zu so außergewöhnlicher Zeit wollte, wenn nicht die Flucht des Gefangenen schon bekannt geworden wäre, als ihn plötzlich ein leiser Pfiff, dicht von den Häusern kommend, aufstörte, und freudig emporfahrend, erkannte er eine dunkle Gestalt, die rasch über die Straße glitt und in seine ausgebreiteten Arme sank. Es war Don Morelos.

»Aber wo um Gottes Willen sind Sie so lange geblieben?« rief Stierna ängstlich, seinen Arm ergreifend und haltend — »ich fürchtete schon —«

»Pst — wir müssen fort,« unterbrach ihn aber der junge Spanier — »die Patrouillen scheinen schon mehr zu wissen, als uns gut sein möchte. — Wie aber kommen wir an Bord?« —

»Ein Canoe liegt hier zwischen den Felsen, das uns —«

»Gut, gut, fort nur, das Wetter ist herrlich — hurrah, nach Chile, und wie sie schauen werden, hahahahaha!« —

»Um Gottes Willen nicht so laut,« bat ihn ängstlich der Schwede, »die Patrouille kann dort oben wahrscheinlich nicht hinaus, und muß hier bei uns wieder vorbei — wir dürfen uns deshalb auch nicht aufs Wasser wagen, bis sie passirt ist.«

Das scharfe Ohr des Spaniers hatte indessen schon wieder die rückkehrenden Schritte der Soldaten vernommen, und sich dicht an den Stamm des Baumes schmiegend, dessen ungleiche und hohe Wurzeln ihnen ungemein günstig waren, drückten sie sich lautlos zwischen diese hinein, bis die Gefahr vorüber war. Die Patrouille zog indessen mürrisch und schweigend vorbei; es regnete jetzt, was vom Himmel herunter wollte, und die armen Teufel von Soldaten dachten in ihren dünnen nassen Jacken an den feuchten, kalten Raum, der sie erwartete, wenn sie nach ihrer Hauptwache jetzt zurückkehrten. Wer konnte in solcher Nacht hoffen, irgend Jemanden einzufangen, dem nicht selber daran lag, arretirt zu werden.

Eine Viertelstunde später glitt das kleine Canoe, von Stiernas Hand gerudert, und die Fahrzeuge der Binnenrhede vermeidend, auf die Außenrhede hinaus. Vom Bug des kleinen Schuners »Oporto« hing eine Laterne, deren Licht durch die geschliffenen Scheiben wie ein Stern durch die Nacht funkelte. Zu Starboard vom Bord hing die Fallreepstreppe nieder, und das Canoe treiben lassend, um morgen irgendwo am Ufer des La Plata von einem Fischer aufgefangen zu werden, betraten sie das Fahrzeug, das sie mit Tagesanbruch der gefährlichen Nähe des Diktators und seiner Häscher entführen sollte.

Der Capitain selber hatte nicht die mindeste Lust in irgend eine Schwierigkeit mit dem Gesetz zu gerathen, und mit einer ziemlich günstigen Brise lichtete er noch vor Tagesanbruch den Anker und ging stromab. Selbst der Lootse erfuhr Nichts von der Anwesenheit der beiden Passagiere, die bis Monte-Video im »Logis« vorn — wie der Aufenthaltsort der Matrosen an Bord eines Schiffes genannt wird — untergebracht wurden.

Schon am nächsten Morgen erreichten sie Monte-Video. Stierna erstaunte aber hier nicht wenig, als Don Morelos ihm plötzlich erklärte, er wolle mit dem Schiff nach Valparaiso gehn. Monte-Video sei allerdings sicher genug für ihn, aber das wenige Geld, was er jetzt noch sein eigen nannte, konnte nicht ewig ausreichen, während er in Valparaiso, weit eher Gelegenheit fand, auf seine Familie in Spanien zu ziehen. Stierna konnte dagegen nicht gut etwas einwenden, auch er hatte in dem, überall vom Feind bedrängten Monte-Video wenig Aussichten, sein Fortkommen leicht zu gründen, während Valparaiso ihm einen weit freieren Spielraum für seine Thätigkeit bot, und ihn freute deshalb eher der Entschluß des Geretteten.

Auffallend war ihm aber dennoch die schnelle Sinnesänderung Don Morelos, der früher auch nicht eine Sylbe von Chile erwähnt hatte, ja in der That ganz gleichgültig schien, wohin sie sich wenden würden, nach Osten oder Westen, nach Norden oder Süden, wenn er nur den »Schauplatz seiner Qualen« fliehen konnte. Nichts destoweniger sprach er augenblicklich mit dem Capitain, der sich auch gern bereit zeigte, sie mitzunehmen; über das Passagiergeld wurden sie bald einig, und da der Capitain selber die noch immer günstige Brise nicht versäumen wollte, diesem, besonders in Winterszeit gefährlichen Wasser

28

zu entgehen, wo die tückischen Stürme dieser Breite, die sogenannten Pamperos fast mit jedem Mondwechsel mehr oder weniger stark einsetzen, beeilte er seine Geschäfte in der Hauptstadt der »Unitarier« so rasch ihm das irgend möglich war, und als der nächste Pampero, einige Tage später wirklich über die weiten Steppen des Binnenlandes daherwehte, schwammen sie schon draußen im freien Wasser und hatten Seeraum genug und nicht mehr die niederen gefährlichen Ufer und Sandbänke des La Platastromes um sich her.

Jeder weiteren Gefahr entdeckt zu werden übrigens auszuweichen, hatten die beiden Freunde schon mit dem Betreten des Fahrzeugs und den Seeleuten gegenüber andere Namen angenommen, und Stierna nannte sich Leifeldt und gab sich für einen deutschen Arzt aus, da er diese Sprache flüssig redete, während Don Morelos den Namen Don Gaspar de Monte Silva, einer Familie, mit der er nahe verwandt sein wollte, angenommen hatte. Auf dem Schiff schon kannte man sie unter keiner anderen Benennung.

3.

Die Reise und ihre Abenteuer.

Die Reise selber ging rasch und glücklich genug vorüber, Cap Horn doublirten sie, von einer herrlichen Brise begünstigt, mit Leichtigkeit, und flogen mit schwellenden Segeln wieder einem milderen, freundlicheren Klima entgegen.

Don Morelos war den ersten Theil der Reise sehr leidend; kaum aus der Mündung des La Plata heraus und in offener See, bekamen sie einen tüchtigen Pampero, der ihn todtseekrank in seine Coje bannte, und die am Cap Horn fast stets ziemlich hoch gehende See mit der kalten unfreundlichen Witterung konnte nicht dazu dienen, ihn rasch wieder herzustellen. Zu diesem Zustand gesellte sich noch ein ziemlich bösartiges Fieber, das mehrere Tage lang sogar sein Leben bedrohte, und Stierna wich in dieser Zeit nicht von seinem Lager.

Der Kranke lag indessen in den wildesten Phantasien, in denen die Namen Constancia und Gomez einem festen Ideengang anzugehören schienen, während sein oft dazwischen tönendes Lachen förmlich unheimlich klang. Der Freund allein durfte in dieser Zeit an seiner Seite sein, und er rief die Anderen, wenn sich Capitain oder Steuermann einmal nach ihm erkundigen wollten, mit dem Namen seiner früheren Wärter oder Schließer, und drohte gegen sie anzuspringen.

Seine kräftige Natur überwand aber auch diese Krisis — wenn auch langsam, erholte er sich doch allmählig und noch ehe sie die warmen Breiten der südlichen Zone wieder erreichten, war er vollkommen hergestellt, wieder im Stande an Deck zu sein und seinen Körper durch die frische, balsamische Seeluft zu kräftigen. Eigenthümlicher Weise wußte er dabei Alles, was während seiner Krankheit vorgefallen, was er phantasirt und wie er sich betragen, entschuldigte sich auch gegen die Seeleute auf das herzlichste, daß er solch tolles ungereimtes Zeug gegen sie ausgestoßen und versicherte sie, er habe in demselben Augenblick gefühlt, was er thue, und sei doch nicht im Stande gewesen, seine Zunge zurückzuhalten. Viel wurde dabei über die verschiedenen Namen gelacht, die besonders der Steuermann abwechselnd erhalten hatte, und die kleine Gesellschaft in der Cajüte des »Oporto« amüsirte sich vortrefflich.

In der Höhe von Chiloe bekamen sie plötzlich eine längere Windstille, die See lag still und regungslos, nur in ihren ewigen, nie unterbrochenen Schwellungen, und die Segel flaggten schwerfällig gegen den Mast und das stehende Takelwerk des Schiffes an. Die Seeleute sagen in solchem Fall »Reepschläger und Segelmacher (Reepschläger: der Seiler oder Taumacher) prügeln sich« und sind schrecklicher Laune, und so große Erholung ein solcher Zustand gewöhnlich den früher von der Seekrankheit schwer Heimgesuchten gewähren mag, so entsetzlich wird er auf die Länge der Zeit für den Gesunden, der mit einer förmlich verzweifelten Sehnsucht nach Ost und West, nach Nord und Süd ausschaut, nur von irgend einer Seite her, gleichviel von welcher, das Wasser dunklen und die Brise ankommen zu sehen. Selbst der schlechteste Wind wird in einer solchen Zeit einer totalen Stille vorgezogen; man will nur B e w e g u n g im Wasser, nur L e b e n und gerade das Gefühl vielleicht, so ganz machtlos dem schläfrigen Element zum Spiel zu dienen, sogar Nichts thun zu können, einem derartigen Zustand zu entgehen, ist es, das den Körper zuletzt förmlich aufreibt.

Es läßt sich denken, daß in einem solchen Fall auch das geringste Außergewöhnliche, was die traurige Monotonie der See unterbricht, freudig bewillkommt wird — der ferne Strahl eines Wallfisches wird ein Moment, eine andere Art von Möve, Albatroß oder Schwalbe sind froh begrüßte Gäste. — Springer, jene große Art von Fischen, die der deutsche Matrose etwas prosaisch nach dem Schweine nennt, weil sie einen ähnlichen scharfen Rüssel haben — zeigen sich in weiter Ferne, und selbst der Streifen wird betrachtet, den sie im Wasser ziehen — kräuseln sie doch die Oberfläche des Meeres und das Auge täuschte sich sogern mit einer kommenden Brise.

Das wichtigste Ereigniß in einer solchen Zeit ist aber das Erscheinen eines Haifisches, dieses gefräßigen Piraten der Tiefe, und der Mann am Steuer, der schläfrig am Rade lehnt und das Ruder bald auf diese bald auf jene Seite legt, das Schiff demselben gehorchen zu lassen und sich dann zu ärgern, wenn es sich nur faul und langsam eben um den ganzen Kompaß herum treibt, dreht fortwährend den Kopf nach allen Richtungen hin, und beobachtet die blanke Spiegelfläche des Wassers, irgend einen dunklen Punkt zu erkennen, der der Flosse eines anschwimmenden Haies gleiche. Der Schatten irgend einer sich etwas höher hebenden Schwellung, das Aufschlagen eines kleinen Fisches, ein müder Wasservogel, der seine Schwingen auf der glatten Fläche gefaltet hat, und mit dieser steigt und sinkt, faßt und hält dabei der rasche Blick — höher richtet er sich auf, und die Augen mit dem ausgestreckten Arm gegen das blendende Licht des blitzenden Strahles schützend, den die Sonne auf die Silberhaut des Meeres wirft, schaut er lange und forschend nach dem verdächtigen Punkt hinüber. Wieder und wieder getäuscht, läßt er endlich sogar sein Ruder eine Weile im Stich — bei Windstille kommt's nicht so genau darauf an, und der Mann steht wirklich manchmal Tage lang nur zum Staat dabei — geht an den Heck und schaut, soweit er möglicher Weise sich kann hinüberbiegen, nach dem von crystallreinem Wasser umspielten Ruder, das sich nach unten zum schönsten herrlichsten Dunkelblau schattirt, und beobachtet kurze Zeit den deutlich sichtbaren Kiel des Schiffes, denn der Hai treibt sich oft tief unter dem Schiff herum, auf Beute lauernd, die vom Bord zu ihm herausfallen möchte. Das schwarzlackirte, von der Sonne gedörrte Holz der Schanzkleidung, auf die er sich gelehnt, brennt aber zu sehr — er hält es nicht lange aus und tritt wieder an sein Ruder zurück — ein frisches Priemchen seine einzige Erholung.

»*Shark-oh!*«[5] ruft da eine Stimme von der Bramraae herunter; Einer der Leute hatte etwas an dem oberen Tauwerk auszubessern gehabt und sein Arm deutet, während er spricht, den zu ihm rasch Aufschauenden die Richtung an, in der sich das Unthier faul und wohlgefällig in der warmen Fluth wälzt und schaukelt.

Im Nu ist die Lethargie der ganzen Mannschaft abgeschüttelt, der Koch bringt ein Stück gesalzenen Speck als Lockspeise für den Raubfisch, der Steuermann kommt mit dem wohleingeölten und blankgehaltenen Haken, an das der Erstere rasch den Speck befestigt — der Wirbel am Haken muß sich wohl drehen, denn wie ein Quirl schleudert sich das Unthier herum, wenn es sich gefangen fühlt — und das Eisen über Bord geworfen, drängt Alles nach hinten, die Bewegungen des Fisches, wie er sich nähert oder theilnahmlos an dem für ihn ausgehangenen Gericht vorbeitreibt, zu beobachten.

Der Matrose haßt nun überhaupt einen Hai; es ist dieß sein angeborener erbarmungsloser Feind, der mit den kaltblitzenden grünen Katzenaugen fortwährend nach

Beute ausschauend, faßt, was er eben erreichen kann, und mit dieser ewigen Raubgier Schnelle und furchtbare Stärke verbindet. Er beißt auch weniger, als daß er das mit den Zähnen erfaßte förmlich a u s d r e h t, wenn der Gegenstand zu groß ist, ihn gleich ganz zu verschlingen, und wenn selbst nicht gleich getödtet, ist der unglückliche Seemann, dem der Hai erst einmal Arm oder Bein gefaßt hat, auch meist rettungslos verloren. Was Wunder also, daß der Fang eines solchen Ungethüms stets mit Jubel, begrüßt wird, und selbst sonst ganz gutmüthige Seeleute die sich wenigstens nie dazu verstehn würden, einen Hund oder ein anderes Thier muthwillig zu quälen, mißhandeln mit wahrer Wonne einen gefangenen Hai oder schneiden ihm wohl auch gar den Schwanz ab, und werfen ihn wieder über Bord, wo er dann bald im Wasser elend umkommen muß.

Die Seeleute haben Grund ihn zu hassen und thun es von ganzer Seele; wunderbar aber war die Wuth, die der junge Spanier auf diese Fische hatte; halbe Tage lang saß er im Mast, nach ihnen auszuspähen, und war der Fang endlich geglückt, die das Deck peitschende Bestie an Bord gezogen und hielten sich die Leute noch scheu zurück, von dem schlagenden Schwanz nicht getroffen zu werden, sprang er, der Erste hinzu, ihm sein Messer in die Kiemen zu stoßen, daß er dann, trotz dem wüthenden Springen und Schnappen des gepeinigten Thieres, darin hin und her wühlte, bis der Fisch, durch Blutverlust und Anstrengung erschöpft, regungslos liegen blieb. Waren es junge Thiere, so wurden sie gewöhnlich später gebraten, aber nie konnte Don Gaspar, wie wir ihn denn auch von jetzt an nennen wollen, bewogen werden, das Fleisch auch nur zu kosten — und einen solchen Widerwillen fühlte er dagegen, daß er nicht einmal in der Kajüte blieb, so lange es auf dem Tische stand.

In dieser Zeit war es, daß ein ungewöhnlich großer Hai von der Bramraae angerufen wurde und nicht lange, so kam das Ungeheuer der Tiefe, ein Bursche von fast achtzehn Fuß Länge und von ganz außergewöhnlicher Stärke heran, den Haken einzuschnappen, den der Steuermann jetzt rasch anfing einzuziehen, da gar keine Hoffnung da war, ein solch riesiges Ungethüm selbst mit drei solchen Haken nur zu halten, viel weniger an Bord zu holen. Kaum aber sah der Fisch den weißen Speck vor sich hinschießen, den er jetzt wohl in der Eile für einen flüchtigen Fisch halten mochte, als er einen Schlag in das Wasser that, mit Pfeilschnelle hinter der vermeintlichen Beute herschoß und sie verschlang.

Jetzt begann ein toller wilder Jubel am Bord, der aber auch wieder von Lachen und Verwünschungen unterbrochen wurde, denn wenn der Hai nur im mindesten seine Kraft gegen das, was ihn hielt, gewandt hätte, mußte Haken oder Tau brechen und reißen; der gefangene Fisch begnügte sich aber, sich herumzuwirbeln und dadurch dem Eisen zu entgehen, das ihm anfing, unbequem zu werden und mehr und mehr zogen sie ihn indessen dem Heck des Schiffes näher, wo der Capitain schon eine Harpune bereit hielt, ihn zu werfen und dadurch vielleicht zu sichern.

Don Gaspar war außer sich, er sprang und jubelte, kletterte an den Besahnwanten[6] hinauf und wieder hinunter und flog nur manchmal mit an das Tau, das die ganze Mannschaft fest gepackt hielt, um zu fühlen, ob der Fisch noch sicher daran sei. Endlich brachten sie ihn glücklich in Wurfsnähe der Harpune, der Capitain, ein alter Wallfischfänger, schleuderte das Eisen mit Kraft und Sicherheit und die scharfen Widerhaken drangen selbst durch die horngleiche Haut des Ungethüms tief in das Fleisch des Halses ein. Die nächsten Minuten hiernach war Nichts zu sehn als Schaum, so peitschte das Ungethüm die Wogen, und der Schwanz stieg manchmal wie der Kopf einer riesigen Schlange empor, und schmetterte dann mit furchtbarer Kraft in die kochende Wassermasse zurück. Aber das Eisen hielt und nur durch die entsetzlichen Anstrengungen des zur tollsten Wuth gereizten und vom Schmerz gepeinigten Thieres, arbeitete sich die Wunde größer und größer, und als sich das Wasser etwas beruhigte, rief der alte Steuermann, sie würden ihn doch noch verlieren, denn so bald er noch einmal anfange und hätte keine Schlinge um den Schwanz, müsse er sich frei machen.

Der Koch schlug jetzt, um das Tau der Harpune selber herum, eine Schlinge, diese auf den Kopf des Haies niederfallen zu lassen, und um ihn herum zu bekommen. Der gefangene Fisch fing aber aufs Neue an zu schlagen — und wenn auch die Schlinge dabei schon über den Kiemen lag, mußte sie doch wieder abrutschen, sobald aufgeholt wurde.

Don Gaspar zitterte während der Zeit am ganzen Körper von innerer Aufregung, er schrie und lachte, wenn der Fisch ruhig blieb und der Koch mehr mit der Schlinge nach rückwärts kam, und tobte und wüthete förmlich, wenn das Unthier sich wieder zu befreien drohte. — Alle möglichen Anordnungen gab er dabei und der Koch, so vielen Respekt er sonst vor dem Quarterdeck hatte, wurde endlich so ärgerlich, daß er ausrief —

»Das Schwatzen soll der Teufel holen, geht hinunter und schiebt das Tau über, und die Satansbestie soll bald hier oben liegen — da — da geht's wieder an — na, jetzt ist die Geschichte vorbei, diesmal haut er sich frei.«

Don Gaspar war auf den Rand der Brüstung gesprungen und schaute lautlos aber mit funkelnden, glühenden Augen in die Tiefe.

»Nehmen Sie sich in Acht, Herr!« rief ihm der Steuermann zu — »wenn Sie hinabfallen, kommen Sie in einen heißen Platz!«

Der Spanier hörte ihn nicht. —

»Lockert das Tau mit dem Haken, Leute!« — schrie da der Kapitain — »verdamm es, Ihr zieht zu fest — die Bestie bricht — da — da habt Ihr's — der Haken ist ausgerissen — holla, was ist das — Don Gaspar — was in des Teufels Namen!«

Sein Ausruf erstarb in einem Schrei des Erstaunens der ganzen Mannschaft, denn ehe Leifeldt, der auf der anderen Seite des Schiffes stand, und ebenfalls mit gespannter

Aufmerksamkeit die furchtbaren Kraftanstrengungen des gefangenen und zur grimmigsten Wuth getriebenen Fisches beobachtet hatte, es verhindern konnte, faßte der junge Spanier, den Hut zurück an Deck werfend, das Tau, an dem die Harpune befestigt saß, und glitt an diesem nieder in die jetzt wieder aufkochende, spritzende See, in der sich das tödtlich getroffene Unthier, nur noch von der Harpune allein gehalten, wälzte. —

»Halten Sie sich am Tau fest, — um Gottes Willen nicht tiefer! — er schlägt Ihnen ein Bein entzwei — biegen Sie sich das Tau unter den Ellbogen!« Das waren die Rufe oder Schreie vielmehr, die von allen Seiten gleichzeitig ausbrachen, und Leifeldt selber rief entsetzt den Tollkühnen bei Namen und beschwor ihn bei allem, was ihm heilig sei, zurückzukehren. Hörte es aber schon nicht mehr, in der furchtbaren Erregung des Augenblicks, was um ihn her vorging, oder wollte er den Warnungsruf nicht beachten, denn ohne auch nur abzuwarten, bis sich das Ungeheuer der Tiefe, jetzt dicht unter ihm, in etwas wieder beruhigt hätte, glitt er nieder, und verschwand im nächsten Augenblick fast unter dem aufkochenden Schaum. —

»Nieder mit dem Boot!« übertönte des Kapitains ruhige Stimme in dem Augenblick den Lärm — »nach vorn, Ihr Leute, nach vorn und hinunter mit dem Boot, so rasch Ihr könnt — halt, Koch, Ihr bleibt hier — da, macht eine andere Schlinge aus dem Bramfall dort — vielleicht können wir ihn hier wieder zu halten bekommen — wenn ihn der Hai nicht mitnimmt,« und mit einem leise gemurmelten Fluch über die kecke Tollheit eines solchen Wagnisses, bog er sich wieder hinten über, das Resultat desselben mit anzusehen.

Don Gaspar war indessen einer solchen Gefahr keineswegs unbefähigt in die Arme gesprungen; so exaltirt er sich oben an Deck gezeigt, so ruhig und umsichtig bewies er sich hier unten, und während er für einen Augenblick festen Fuß auf dem Fisch selber zu fassen suchte, ließ er mit der linken Hand das Harpunentau keineswegs los, das ihn auch, vorn am Kopf des Haies hielt und vor den furchtbaren Schlägen des Schwanzes sicherte. Trotzdem aber, daß ihm die Füße abglitten auf dem schlüpfrigen Hals, schien er nur das eine

Ziel im Auge zu haben, die Schlinge zu festigen und unbekümmert um jede Folge, ließ er sich vollkommen auf den Hai hinunter, faßte das Tau und unter dem Kopf der wüthenden Bestie mit der Hand niederfahrend, hatte er die Schlinge schon erreicht, als die Harpune ausriß und diese sich, von oben natürlich gehalten, plötzlich anstraffte.

Die Männer an Bord standen starr vor Schrecken, und wußten nicht, ob sie anziehen oder loslassen sollten, denn jetzt hatten sie noch das Unthier in ihrer Gewalt, glitt es aber aus dem Knoten heraus, so war der tollkühne Passagier ihm rettungslos anheim gegeben.

Der Hai selber machte diesem peinlichen Moment ein Ende — vorwärts schießend, fühlte er sich durch das Tau gehemmt, das ihn auch um die Kiemen preßte, und während Don Gaspar, durch die rasche Bewegung das Gleichgewicht verlierend, ihn mit beiden Armen umschlang, fuhr er zurück, wirbelte sich ein paar Mal um sich selbst herum — und war frei.

Der Spanier wäre jetzt verloren gewesen, denn das gereizte Thier schoß, den Druck auf sich noch immer fühlend, nach vorn, so daß der kecke Jäger natürlich der gegen ihn anpressenden Wassermassen nicht widerstehen konnte, loslassen mußte. Im Anfang schien es auch, als ob es gegen die Gewalt, die ihm geschehen, ankämpfen wollte, denn kaum von dem Gewicht befreit, wandte es sich scharf gegen seinen vorherigen Reiter um, ohne diesen aber auch nur im mindesten zu schrecken, oder seine Geistesgegenwart zu berauben. — Im Begriff, von dem Ungethüm fortzuschwimmen, wandte Don Gaspar nämlich den Kopf nach ihm um, und sah kaum die drohende Bewegung, als er ebenfalls Front gegen den Hai machte, das einzige zu versuchen, was ihm übrig blieb — drohend gegen den Ankommenden anzuschlagen, und ihn so zurückzuschrecken. Zu seinem Glück sollte er aber nicht zu einem solchen und in der That verzweifelten Kampf gezwungen sein, denn den Hai selber verließen die Kräfte. Der Wurf der Harpune war tödtlich gewesen, und plötzlich, als Alle an Bord auch schon in peinlicher Angst und Spannung den ersten Anprall des Thieres gegen sein Opfer zu sehn erwarteten, bog der Hai seitwärts ab, und fing an, sich, ohne den Ort zu verlassen, auf dem er stand, wenige Minuten förmlich im Kreis herumzudrehen. —

Zu derselben Zeit war das Boot auch endlich niedergelassen und schoß, von vier Riemen (Ruder) getrieben, rasch herbei. Don Gaspar aber, anstatt ihm entgegenzuschwimmen und der furchtbaren Gefahr zu entgehen, der er bis dahin ausgesetzt gewesen, strich aus und zwar gerade der Stelle zu, wo der Hai blutige Kreise in der klaren blitzenden Fluth zog. Zwei Lootsenfische, die sich bis jetzt, trotz des tollen Kampfes, in der Nähe ihres früheren Beschützers muthig gehalten, schossen vor und rasch wieder zurück, einer Gefahr zu entgehen oder auch, wie man ja behaupten will, dem Hai die Nähe leicht zu gewinnender Beute zu melden; aber dieser fühlte und sah nicht mehr, was um ihn her vorging — tiefer und tiefer senkte er sich in seinem Ringen, immer langsamer wurde der Flossenschlag, und als Don Gaspar, von dem Boot jetzt fast erreicht, über der Stelle hielt, und nieder schaute, sah er eben noch, wie sich der weiße Bauch des todten Fisches aufdrehte und langsam, langsam in blauer Tiefe verschwand.

Gleich darauf faßte der Steuermann den Kragen des Spaniers und zog ihn mit einem herzlichen »Ich will verdammt sein, wenn mir so ein Mensch schon vorgekommen ist,« in das Boot hinein, rasch dann zum Schiff zurückrudernd, als ob er wirklich fürchtete, daß ihm das tollkühne Menschenkind noch einmal über Bord springen könne.

Don Gaspar war zum Tode erschöpft, als er das Schiff wieder erreichte, und Leifeldt machte ihm wirklich ernstliche Vorwürfe, sein Leben in so rasender, unüberlegter Weise, einem Fisch gegenüber, auf's Spiel gesetzt zu haben, wo ihn wirklich nur ein Wunder erhalten haben mußte. Don Gaspar versicherte ihm aber so hoch und theuer, daß er, in der Erregung des Augenblicks wirklich gar nicht gewußt habe, was er thue, und versprach ihm so heilig, solche tolle Streiche nicht wieder zu machen, daß er sich endlich beruhigte und der Kapitain mit einer tüchtigen Bowle Grog den Frost des Gebadeten wie den Schreck der Übrigen vergessen machte.

Den Abend schon erhob sich aber eine leichte Brise, die während der Nacht schärfer und schärfer anwuchs und zuletzt in einen tüchtigen Südosten ausartete, mit dem sie rasch ihrem Ziele entgegenhielten.

———

4.

Ankunft in Valparaiso. — Hülfe in der Noth.

Der »Oporto« erreichte am 42. Tag nach seiner Ausfahrt von Buenos-Ayres den Hafen von Valparaiso und Leifeldt und Don Gaspar mietheten sich im Hotel de Chile ein. Der Letztere hatte aber kaum seine nöthigen Einkäufe an Kleidern und Wäsche besorgt, da er sich bis dahin nur mit dem Nothwendigsten begnügen mußte, das Leifeldt noch in der letzten Zeit in Buenos-Ayres für ihn eingekauft, als er auch ausging, um, wie er sagte, ein paar Verwandte, ein paar Freunde aufzusuchen oder ihnen wenigstens nachzuforschen, die sich vor Jahren nach Valparaiso gewandt hatten und hier doch vielleicht noch aufzufinden waren. Der junge Arzt blieb zurück, die eigene Wohnung ein wenig behaglich einzurichten.

An dem nämlichen Morgen, etwa um elf Uhr, ließ sich ein junger Mann unter dem Namen de Monte Sylva bei dem Consul der Argentinischen Republik anmelden, und wurde von diesem auf das Zuvorkommenste empfangen.

»Es ist ein Fest für uns hier,« sagte der Consul nach den einleitenden Redensarten und Begrüßungen, mit einer freundlichen Verneigung gegen seinen Besuch, »wenn wir Buenos-Ayres-Leute an der Westseite der Cordilleren im Winter einmal Nachricht vom Mutterlande bekommen. Der

Correo[7] wagt sich nur selten über den Schnee, und muß diese Kühnheit noch dazu manchmal theuer genug büßen, und Schiffe von dorther sind auch in dieser letzten Zeit ziemlich selten gewesen; Buenos-Ayres bietet wenig oder gar Nichts, was wir von dort hieher führen könnten, die Passage nach dem Norden ist auch schwach, und all die Wallfischfänger die wir vom Atlantischen Meer herüberkriegen, denken natürlich gar nicht daran, Zeit und Schiff zu wagen, besonders in dieser Jahreszeit in den von Sandbänken und Pamperos so sehr gefährdeten La Plata einzulaufen. Bringen Sie uns Neuigkeiten von Buenos-Ayres?«

»Gar Nichts von Bedeutung« erwiderte Don Gaspar de Monte Silva achselzuckend. — »Se. Excellenz führt den trostlosen Krieg gegen Monte-Video fort, nur, wie es scheint, die Einwohner jener Districte in Bewegung zu halten, — Engländer und Franzosen protestiren fortwährend, und die Sache bleibt eben beim Alten. Man sprach allerdings in Buenos-Ayres von einem erhofften Friedensabschluß, so viel ich aber habe erfahren können, scheint mir die Sache noch in weitem Felde. — Haben Sie viele Bewohner von Buenos-Ayres hier?«

»Nein — und doch ja, sie sind hie und da ziemlich durch die ganze Stadt zerstreut, aber wenn nicht auf der Börse, bekommen wir einander wenig genug zu sehen. — Haben Sie Bekannte hier?« —

»Sehr wenige, — lebt noch ein Kaufmann Don Rodriguez hier, der vor etwa drei Jahren herüber zog?« —

»Nein,« erwiederte der Konsul, nach einigem Besinnen — »wenn ich nicht irre, ist derselbe, aber schon vor längerer Zeit, nach Lima gegangen — er soll dort in eine andere Geschäftsverbindung getreten sein.«

»Vor kurzer Zeit ist ja wohl auch, im Auftrag der Föderation ein Señor — Señor — wie war doch gleich sein Name?« —

»Don Luis de Gomez?« sagte der Konsul, »nicht wahr, Sie

41

meinen Don Luis, — fehlt Ihnen etwas, Señor?« unterbrach
er sich plötzlich selbst und sprang auf, denn das Antlitz des
jungen Mannes überflog Leichenblässe.

»Ich darf Sie wohl um ein Glas Wasser bitten, Señor,«
sagte Don Gaspar, rasch aufstehend und zum Fenster
tretend, »es ist das eine Art Herzbeklemmung bei mir, der
ich allerdings manchmal unterworfen bin, die aber auch so
rasch vorüber geht, wie sie gekommen.«

»Ist Ihnen nicht lieber ein Glas Wein gefällig?« bat der
Argentiner, eine Caraffe und ein Glas von einem Ecktisch
nehmend und rasch einschenkend, »es wird Ihnen weit
besser bekommen.« —

Don Gaspar leerte das ihm gebotene Glas mit einer
dankenden Verbeugung auf einen Zug, und sagte dann
lächelnd:

»Es ist schon vorüber — der rasche Wechsel von See- und
Landluft bringt bei mir sehr häufig solche Wirkung hervor,
die sich sogar schon einige Mal bis zur Ohnmacht gesteigert
hat, ohne jedoch auch nur die geringsten Nachwehen zu
hinterlassen — aber von was sprachen wir doch? —«

»Ich weiß es jetzt wahrhaftig selber nicht mehr,« lachte der
Konsul, »doch ja — von unseren Landsleuten — von Don
Luis de Gomez — kennen Sie ihn?« —

»Nur oberflächlich,« erwiederte Don Gaspar gleichgültig,
aber die Hand, mit der er seine Stuhllehne gefaßt hielt,
wurde todtenweiß. »Er soll hierher gegangen sein.«

»Allerdings,« erwiederte der Konsul, »wenn auch nicht
für den Augenblick —«

»So ist er gegenwärtig nicht in Valparaiso?« — frug Don
Gaspar rascher und lebendiger als vorher.

»Nein — wünschten Sie ihn zu sprechen?«

»Das gerade nicht — aber ich glaubte nur —«

»Er ist nach Lima gegangen,« sagte der Konsul, »aber ich erwarte ihn fast mit jedem Schiff zurück, das von dort her kommt. Es war gar nicht seine Absicht, so lange dortzubleiben, aber wenn ich nicht irre, war ihm seine Frau dort erkrankt, was seine Abreise verzögerte. Sein letzter Brief meldet ihn übrigens bestimmt auf Mitte dieses Monats an.«

Don Gaspar war ans Fenster gesprungen, nach einem rasch vorbei galoppirenden Reiter zu sehen — er faßte die Fensterbrüstung, sich gewaltsam zu sammeln. —

»Nicht wahr, die Namen der ankommenden Passagiere werden in den Zeitungen veröffentlicht?« frug er nach einer kleinen Weile, indem er seinen Hut ergriff, sich wieder zu empfehlen.

»Allerdings,« erwiederte der Konsul, »wenn auch nicht gerade so ungemein pünktlich, denn oft werden Namen ausgelassen, noch öfter falsch gedruckt — aber wenn es Sie interessiren sollte —«

»Ich danke Ihnen herzlich,« unterbrach ihn jedoch der junge Mann rasch; »es ist eigentlich bei mir nur Neugierde, oder vielleicht doch ein etwas edleres Gefühl, das nämlich, sich in einer fremden Stadt, fern von der eigenen Heimath, nach solchen zu sehnen, die einst in einem, jetzt leider fern gelegenen Land dieselbe Luft mit uns geathmet haben.«

»So wiederholen Sie dann wenigstens bald Ihren Besuch,« sagte der Konsul, ihm freundlich die Hand reichend, »Sie werden mir immer willkommen sein, das schöne Wetter jetzt bringt uns auch vielleicht den Correo über die Gebirge, und dann bekommen wir frische Nachrichten von der »Hauptstadt«.«

Don Gaspar dankte ihm herzlich, aber es war fast, als ob ihn eine merkwürdige Unruhe erfaßt habe, er suchte augenscheinlich rasch ins Freie zu kommen und hatte kaum die Thüre hinter sich ins Schloß gedrückt, als er auch die Straße schnell hinunterschritt und um die erste Ecke rechts dem Wasser zu niederbiegend, den Weg hinaus, der zu dem

Leuchtthurm führte, und von wo man die See weit überschauen konnte, mehr lief als ging. Der Konsul blieb aber, als jener die Stube schon verlassen, noch eine ganze Weile im Zimmer stehen, und sah nachdenklich vor sich nieder, endlich aber, den Kopf schüttelnd und aus seiner Tasche eine silberne Dose nehmend, setzte er sich lächelnd nieder an seinen Schreibtisch, und murmelte nur leise vor sich hin:

»Ein wunderlicher Kauz!«

Don Gaspar nahm sich nicht einmal Zeit Athem zu schöpfen, bis er die Höhe erreicht hatte, auf welcher der Leuchtthurm stand, und von wo aus man die weite See nach Norden, Westen und Süden trefflich überschauen konnte. Hie und da waren einzelne Segel — glänzend weiße Punkte auf dem dunkelblauen Grunde — am Horizont sichtbar; eine Brigg arbeitete sich aus dem Hafen heraus und suchte das Weite, und ein kleiner Schuner kam mit geblähter Leinwand von Westen herüber, wahrscheinlich von den Inseln Cocosnußöl und Perlmutterschalen gegen Kattune, Messer, Beile und Glaskorallen umzutauschen.

Der junge Spanier blieb wohl eine Stunde lang auf diesem, Nachmittags von der schönen Welt Valparaisos so gern besuchten Ort, dann aber, als ob dem ersten Drängen seines Herzens, das ihn hier hinauf trieb, nach nahenden Segeln auszuspähen, Genüge geleistet wäre, stieg er langsam die nächste Quebrada oder Schlucht nach der Stadt zu wieder nieder. Durch die Calle San Francisco die Marktstraße erreichend, wollte er dieser aufwärts folgen, als er angerufen wurde und Leifeldt erkannte, der, ebenfalls in der Stadt ohne besonderen Zweck herumschlendernd, ihn bat, mit ihm die Almendral[8] nieder zu gehen, an deren unterem Ende ein erst kürzlich hier angekommener englischer Arzt wohnen solle, den er zu sprechen wünschte.

Die Hauptstraße der Stadt zieht sich hier dicht unter dem felsigen Fuß eines Hügels hin, auf dessen Kuppe der katholische Gottesacker Valparaisos, Stadt und Hafen weit überschauend, liegt, und so schmal für die Passage dem Berge abgewonnen ist, daß dem Strand gegenüber nicht einmal eine Reihe Häuser oder Hütten gebaut werden konnte, sondern der nackte Fels den schmalen Fahrweg schroff und scharf begrenzte.

Es war indessen schon weit im Tag vorgerückt und Mittag längst vorüber; die Straße hier belebte sich auch mehr und mehr; viele Reiter, mit ihrem wunderlichen chilenischen Reitzeug, den kolossalen hölzernen Steigbügeln, riesigen Sporen und hochaufgepolsterten Sattel, von blauen und grünen Panchos umflattert, trabten daher, denn der Galopp ist in der Stadt verboten, zweispännige offene Droschken oder Fiakre, das eine Pferd in der Gabel gehend, das andere am festgeschnürten Gurt befestigt, rasselten vorüber, und eine Menge Fußgänger schlenderten langsam meist alle dem Leuchtthurm-Plateau zu, dort einen Blick über die See zu haben, auch wohl kleine Picknicks zu arrangiren und mit der Abendkühle ihren Häusern wieder zuzuwandern.

Die beiden Freunde schritten langsam das Trottoir nieder, die verschiedenen Gruppen beobachtend, die ihnen begegneten, und so finster und selbst niedergeschlagen Don Gaspar im Anfang gewesen war, als ihn Leifeldt zuerst traf, so schien der düstere Sinn in dem lebendigen Treiben, das sie hier umgab, bald wie eine Sommerwolke an der Sonne vorüber von seiner Stirn zu fliehen.

Leifeldt hatte diesen raschen Wechsel seines Temperaments übrigens schon so häufig Gelegenheit gehabt zu beobachten, und selbst Don Gaspar, darauf aufmerksam gemacht, gestand das ein, behauptete aber auch, der Aufenthalt in seinem früheren Gefängnisse trage dabei viele, wenn nicht die einzige Schuld; es überkomme ihn noch manchmal ein wildes, beängstigendes Gefühl, das er nicht abzuschütteln vermöge, wie mit einem Centnergewicht läge es dann auf ihm, und er könne kaum athmen unter der Last. Wie ein kräftiger Windstoß aber die düsteren Schranken der Gebirge mit einem kräftigen Zuge aus den Schluchten drängt, und über die Ebene weht, so sei ein Sonnenblick, ein freundliches Gesicht, das fröhliche Lachen eines Menschen oft im Stande, all diese düstere Schwermuth zu zerstreuen, und Tage lang fühle er sich dann so wohl, als ob er wieder einmal von einer recht schweren Krankheit genesen wäre.

»Und wie gefällt Ihnen die schöne Welt in Valparaiso, Gaspar?« frug Leifeldt den jungen Mann, als gerade ein ganzer Zug von Damen lachend und scherzend an ihnen vorüber schritt.

»Gut!« sagte der junge Mann freundlich, »es sind liebe, gutmüthige Gesichter darunter, und das rege Feuer, das all unseren südlichen Stämmen eigen ist, verleiht ihnen noch einen weit besonderen Reiz. — Ich weiß nicht, ich habe mich nie viel mit den kalten Nordländerinnen befreunden können; sie sind schön und tugendhaft, ich zweifle nicht daran, aber mir scheint es fast, als ob ihnen ein Herz fehle, ihren Augen Leben, ihren Lippen Farbe zu geben, und mir selber ist es, einer der nordischen Schönheiten gegenüber, fast stets zu Muthe, als ob ich vor einer wundervollen Statue stehe, die mein Auge fesselt, mein Herz aber kalt läßt, wie der Marmor selber, aus der sie besteht.«

»Das aber dürfen Sie nicht von Allen sagen,« lachte Leifeldt, »sehen Sie z. B. das reizende Wesen, das uns hier gerade mit dem kleinen Knaben, vielleicht einem Bruder, entgegenkommt — das müssen Engländerinnen sein, aber ich habe wahrlich nie im Leben ein schöneres Mädchen gesehen.«

Don Gaspar folgte mit seinen Augen der ihm von Leifeldt angegebenen Richtung und sah ein wirklich reizendes junges Mädchen die Straße herauf und ihnen entgegenkommen. Sie hatte eine alte, wie es schien kränkliche Dame, die sie sorgsam leitete, am Arme, und ein kleiner, vielleicht dreijähriger Knabe lief vor ihnen her.

»Sieh, Jenny, liebe Hündchen da drüben,« sagte der Kleine plötzlich in seinem noch halbgebrochenen Dialekt zu der Jungfrau, und zeigte mit dem einen dicken Patschchen nach der Straße hinüber, auf der ein schwarzes Wachtelhündchen nach einem eben landenden Boot laut hinunterkläffte und sprang, und mit dem Schwanze wedelte — »das hol ich mir.«

Die Freunde waren indessen bis dicht vor die beiden
Damen gekommen, und als sie, ihnen Raum machend,
vorüber schritten, sagte Jenny, wie sie von dem kleinen
Burschen angeredet worden, ermahnend:

»Laß das Hündchen, Bill, es könnte Dich beißen — und
Du darfst auch nicht allein auf den Fahrweg gehen —
komm her zu mir.«

Es ist unbestimmt, ob Bill die Warnung hörte, oder nicht,
aber darauf achten that er keineswegs, denn das Hündchen
war gar zu lieb und herzig, und Bill mochte das
Langsamgehen hinter der alten, kranken Großmutter her
auch schon herzlich satt bekommen haben; so unter den
Händen fort, mit den kleinen unbehülflichen Beinchen lief er
hinaus, den lebhaften schwarzen Burschen da vorn zu sich
heran zu holen.

»*Guardar se — guardar se!*«[9] schrie es in dem Augenblick
die Straße nieder und lautes Wagengerassel wurde hörbar.

»Bill!« rief die Stimme des jungen Mädchens in
Todesangst, als sich dieses umschaute, und das Kind auf der
Straße sah, ohne im Stande zu sein die Mutter loszulassen,
»Bill, *for God's sake.*«[10]

Leifeldt und Don Gaspar waren bei dem Schreckensruf
rasch stehen geblieben, und der letztere machte sich von
Leifeldts Arme los, die Straße freier überschauen zu können.
Aber sie brauchten nicht lange auf die Ursache des Tumultes
zu warten, denn fast in dem nämlichen Augenblick
donnerte auch schon eine der gewöhnlichen Droschken,
von den rasend gewordenen Pferden in vollem Carrière mit
fortgerissen, die Straße hinauf und Leifeldt erkannte mit
Entsetzen, wie der nächste Moment hier an dem engsten Paß
des ganzen Weges, das Kind unter den Hufen der wild
aushauenden Renner zerschmettern müsse. Ehe auch nur
Jemand im Stande gewesen wäre, hinauszuspringen, das
Kind der Gefahr zu entreißen, brausten die wüthenden
Thiere heran, und ein allgemeiner Schrei des Entsetzens
rang sich schon aus der Brust der zitternden Zuschauer, die
wirklich ganz die eigene Gefahr in dem gewiß

vorauszusehenden Untergang des Kindes vergaßen, als sich Don Gaspar, ohne Laut, ohne Ruf, die Gefahr nicht kennend, der er sich aussetzte, oder sie total verachtend, von dem Trottoir hinüber und schräg an gegen den Kopf des Sattelpferdes warf, daß dieses im Ansprung hoch auffuhr und nach ihm niederhieb. Hatte aber das andere Pferd den ausgestreckten linken Arm des Anspringenden gesehen, oder fühlte es den plötzlichen Druck des gegengeworfenen Gewichts, aber es fuhr rechts hinüber, und während Don Gaspar den Zügel des Thieres in der Aufregung des Moments viel zu fest ergriffen hatte, so rasch wieder loslassen zu können, rissen ihn die wüthenden Thiere mit über die niedere hölzerne Barrière hinüber, die vor ihrem Anprall zusammenbrach, der Wagen schmetterte und bröckelte hinterdrein, und während das wüthende Gespann über die rauhen, hier aufgeworfenen Steinmassen setzte, und vergebens versuchte, das zwischen den Steinen hängenbleibende Vordertheil des zerstückelten Wagens rasch genug herumzubringen, dem jetzt so unverhofft vor ihnen ausdehnenden Wasser zu entgehen, in das sie gleich darauf mehr hinein stürzten, als sprangen, sank auch Don Gaspar, blutend und ohnmächtig auf dem Damme nieder, — aber das Kind war gerettet.

So rasch war aber das Ganze, hier eben Beschriebene geschehen, so plötzlich hatte das Einspringen des jungen Mannes die Tod drohenden Thiere zur Seite geworfen, daß die Gefahr schon längst vorüber war, als noch die Zuschauer starr und ängstlich nach dem jetzt selbst erschreckten Kind hinüber schauten, und erst als Leifeldt zusprang, den Knaben aufgriff und seiner jungen Schützerin brachte, erst als diese, neben der Mutter auf die Knie fiel, und den geretteten Liebling mit einem heißen Dankgebet an das Herz schloß, da erst war es, als ob sich der Zauber löse, der wie ein entsetzlicher Bann auf der Menge gelegen, und ein förmlicher Jubelschrei dankte der kühnen That.

Während einzelne der Männer jetzt hinüber sprangen, den Verwundeten aufzuheben, zu dem sich Leifeldt ebenfalls wenden wollte, wurde er durch einen Ausruf der Angst, von der Jungfrau Lippen aufgehalten, und hatte eben noch

Zeit zuzuspringen, und mit dieser die alte Dame aufzufangen und vor schwerem Fall zu bewahren, die, starr vor Schreck, als sie die Gefahr des Enkels bemerkte, jetzt, als die furchtbare Erregung des ersten Augenblicks vorüber war, bewußtlos zusammenbrach.

Der junge Arzt hob die Ohnmächtige leicht auf seinen Arm, stand aber einen Augenblick wirklich unschlüssig da, denn wie konnte er den Freund hier, blutend und ohnmächtig zurücklassen, und was indessen mit der alten Dame anfangen? —

»Dort hinauf!« flüsterte da die leise, bittende Stimme des Mädchens, »nur wenige Häuser von hier entfernt wohnen wir, und Ihr Freund, unser Schutzengel, kann dort Pflege und Beistand finden.«

»Gott sei Dank,« sagte Leifeldt wirklich aus tiefstem Herzen, und den Peons[11], die den Ohnmächtigen aufgehoben hatten und über die Straße trugen, zurufend, ihm rasch damit zu folgen, eilte er, so schnell es seine Last erlaubte, dem bezeichneten und gar nicht fernen Hause zu.

5.

Die Englische Familie.

Während der junge Arzt nun die alte Dame rasch die Treppe hinauftrug und die nöthigsten Anordnungen traf, sie wieder ins Leben zurückzurufen, wurde der Verwundete unten im Haus, in ein kleines, freundliches Stübchen gelegt, und die Ohnmächtige jetzt der Sorgfalt der Tochter und einiger Dienstleute überlassend, eilte er wieder hinunter zu dem Freund, nach dessen Wunden zu sehen.

Diese waren jedoch nicht im mindesten gefährlich; nur ein

Schlag des Pferdes wahrscheinlich, hatte ihn am Kopf getroffen und betäubt, und einzelne andere, aber ebenfalls unbedeutende Quetschungen rührten jedenfalls von dem letzten Sturz auf die rauhen scharfkantigen Sandsteine des Strandes her. Schon nach den einfachsten Belebungsversuchen schlug auch Don Gaspar die Augen wieder auf, und schien nur im Anfang erstaunt und überrascht, ja fast bestürzt von seiner Umgebung. Erst schloß er die Augen wieder, dann aber, sich rasch emporrichtend, warf er den Blick scheu und forschend im Zimmer umher, und ließ ihn endlich mit einem wilden, fast unheimlichen Ausdruck auf dem Fenster haften, das, nach der gewöhnlichen Art der spanischen Wohnungen, mit starken Eisengittern versehen war, den Bewohnern der Parterrelokale in der heißen Jahreszeit besonders zu erlauben, auch die Nacht über ihre Fenster offen zu halten, ohne einen Einbruch fürchten zu müssen.

»Was ist dies für ein Haus? — was für ein Zimmer?« rief er endlich, und preßte seine Hände gegen die Schläfe, — »bin ich denn nicht? — Stierna, Sie hier? — wie ist mir denn, waren denn nicht die Pferde mit uns durchgegangen, und jetzt — hier wieder?« —

»Wo Sie sind?« lachte aber Leifeldt, der des holden Kindes gedachte, das er eben an der Mutter Bett verlassen — »in der Wohnung eines Engels und aufgehoben wie in Abrahams Schooß — aber das nehmen Sie mir nicht übel, Gaspar,« setzte er dann etwas ernster und mit freundlichem Vorwurf hinzu, »Sie gehen mit Ihrem Leben ungefähr gerade so um, als ob Sie jeden Monat ein anderes bekommen könnten, und dieses schon drei Tage über die Zeit getragen hätten. Wenn nicht Gottes Hand an diesem Nachmittag auf Ihnen lag, so mußten die wüthenden Pferde heute ausführen, wozu sich der Hai neulich nicht mehr hergeben wollte.«

»Die Pferde — ja, ja — Sie haben recht — Pferde waren es gewesen und ein junges Mädchen glaub' ich — oder ein Kind — Pest noch einmal, mich schmerzt die Stirn — ich fange jetzt an, mich auf die ganze Geschichte zu besinnen — und ist das Kind gerettet? — aber nehmen Sie mir doch den Verband wieder ab — ich kann doch nicht mit dem Tuch um den Kopf über die Straße gehen.«

»Das sollen Sie auch nicht,« erwiederte Leifeldt, »das Kind ist allerdings gerettet, denn Ihr toller Sprung war wie der Arm eines Engels, der den herzigen Knaben vom sicheren Abgrund fortriß, aber jetzt müssen Sie sich ebenfalls ein wenig schonen, wenigstens eine Zeit lang Ruhe gönnen, so bleiben Sie deshalb nur ruhig auf dem Bette liegen, es läßt sich hier aushalten, und ich will indessen wieder einmal hinaufgehen und nach der alten Dame sehen.«

»Ist noch Jemand beschädigt worden?« frug Don Gaspar rasch.

»Nein,« sagte Leifeldt, »nur ohnmächtig vom Schreck und der Aufregung — aber schlafen Sie selber ein wenig, es kann Ihnen nur gut thun, und in einem kleinen Stündchen komme ich herein und wecke Sie. Fühlen Sie sich dann stark genug, so können wir den Damen oben guten Abend sagen, und gehen dann zusammen zu Hause — sie werden es sicherlich nicht erwarten können, dem Retter des Kindes selber zu danken. Ruhig — keine Einrede,« sagte er lächelnd, als er sah, daß Gaspar dagegen protestiren wollte, »ich bin jetzt Ihr Arzt und Sie müssen mir gehorchen, also folgen Sie brav, und ich hoffe, daß ich Sie morgen wieder in bester Ordnung auf Ihren Füßen habe.«

Er nickte Don Gaspar noch freundlich zu und eilte, ohne weiter eine Antwort von ihm abzuwarten, rasch die Treppe hinauf, nach seinem andern Patienten zu sehen — und das süße Gift jener seelenvollen blauen Augen einzusaugen, die ihn schon jetzt, nach kaum einer ersten, flüchtigen Bekanntschaft ahnen ließen, welche Seligkeit, aber auch welch tiefes bitteres Weh das arme Menschenherz fähig sei in sich aufzunehmen — je nachdem nun gerade die Würfel fielen, die das Loos uns armer Sterblichen bestimmen.

Don Gaspar warf sich indessen auf sein Lager zurück, aber es ließ ihm dort nicht lange Ruhe, und wie von irgend einem peinlichen Gedanken gequält, stand er auf, zog sich an, und ging mit raschen Schritten in dem zwar etwas niedrigen, aber unendlich freundlichen Gemach auf und ab.

51

Mehrmals versuchte er es, sich wieder niederzusetzen, aber ein flüchtig aufgeschlagener Blick trieb ihn wieder empor, und nach und nach ward es fast, als ob ihm das Zimmer hier zu enge werde, und die Brust nicht mehr athmen könne in dem eingepreßten Raum.

Das Gitter beunruhigte ihn.

Er sprang wieder auf und schritt, die Augen mit der Hand bedeckt, in dem Gemach auf und ab, wie ein gefangener Panther den Käfig mißt, der ihn hält; aber lange vermochte er nicht gegen dieß Gefühl anzukämpfen. Er ging nach der Thür und drückte vorsichtig auf das Schloß, als ob er fürchte, daß es verschlossen sein könne, und ein Ausdruck von wilder Freude zuckte blitzschnell durch seine Züge, als das Schloß dem leisen Drucke nachgab. Einen Augenblick horchte er hinaus auf den Gang — es ließ sich Niemand hören — die Leute waren alle oben beschäftigt, theils die nöthige Hülfe zu leisten, theils herauszubekommen aus der »Herrschaft,« wie denn die ganze Sache eigentlich gelaufen, damit sie auch den Zusammenhang der Geschichte fänden — dann griff er seinen Hut vom Tisch auf, schlich hinaus und verließ das Haus, als ob er ein Verbrechen begangen und nicht durch eine kühne That eine ganze Familie glücklich gemacht hätte, die gerade in diesem lieben Kind fast die einzige Freude fand, und durch den Verlust desselben, besonders in solch furchtbarer Art, entsetzlich elend geworden wäre.

Als Leifeldt schon nach Dunkelwerden das Zimmer wieder betrat, den Schlummernden, den er nicht hatte früher stören wollen, zu wecken und seinen neugewonnenen Freunden vorzustellen, fand er zu seinem Erstaunen den Vogel ausgeflogen und das Nest kalt.

Wenn er nun auch dies wunderliche Betragen nicht begriff, entschuldigte er doch oben den Freund, und versprach, ihn morgen früh, wenn er sich von dem kleinen Unfall vollkommen erholt haben werde, mitzubringen. —

»Aber weshalb war er nicht wenigstens einen Augenblick zu ihnen herauf gekommen?« — selbst die alte Dame frug nach ihm und wünschte ihn kennen zu lernen. Sie hatte sich vollkommen wieder erholt, hielt den Knaben auf ihrem Knie, und weinte und lachte, wenn sie an die furchtbare Gefahr dachte, der er, auf fast wunderbare Weise so glücklich entgangen.

Jedenfalls mochte er sich genirt haben, in dem Aufzug, mit durch den Sturz vielleicht zerrissenen Kleidern, mit verbundenem Kopf, sich ihnen zu zeigen — aber war das recht? — hatten sie nicht gerade das erste Anrecht ihn so zu sehen, und hieß das nicht die Bescheidenheit zu weit getrieben?

Leifeldt, der von den guten Menschen schon fast wie zum Hause selber gehörend, behandelt wurde, versprach ihn gleich nächsten Morgen einzuliefern, damit er Abbitte thun könne, verabschiedete sich dann aber auch selber, nach dem Freund, der jedenfalls zu Hause gegangen war, zu sehen, ob er vielleicht noch irgend etwas heute Abend bedürfe.

Leifeldt wurde übrigens keineswegs angenehm überrascht, als er in sein Hotel zurückkehrte, und den Freund, vollkommen wider Erwarten, n i c h t vorfand. Niemand hatte etwas von ihm gesehen — Niemand wußte von ihm, und vergebens durchlief er, bis spät in die Nacht, alle Straßen, die jener möglicher Weise berührt haben könnte, von den Wächtern vielleicht hie oder da etwas zu erfahren, das ihn wenigstens auf die Spur führen konnte — er blieb verschwunden — und selbst der nächste Morgen, der nächste Abend brachte den so räthselhaft Entwichenen nicht wieder zurück. Was in aller Welt konnte ihn bewogen haben, sich gerade heute, und in so wunderlicher Weise zu entfernen und war er nicht doch vielleicht etwa, von der Aufregung der letzten Stunden betrübt, irgend wo zusammengebrochen? —

Die Familie Newland, der Name der Frauen, denen die beiden Freunde am vorigen Tag so wesentliche Dienste geleistet, fühlten sich besonders geängstigt durch dies Verschwinden eines Mannes, dem sie so gern ihre Dankbarkeit bezeugt hätten, und Mr. Newland, ein Greis von einigen siebzig Jahren, ließ es sich nicht nehmen, selber auf die Polizei zu gehen, und dort die genauesten Nachforschungen nach dem Fremden anzustellen. Nichts destoweniger blieben alle derartige Versuche erfolglos, und eine volle Woche war schon vergangen, ohne auch nur eine Spur von Don Gaspar gebracht zu haben.

Leifeldt war indessen ein täglicher Besucher der Newland'schen Familie geworden und dachte, von diesen selbst dazu aufgemuntert, ernstlich daran, seinen bleibenden Wohnsitz in Valparaiso zu nehmen. Leifeldt war ein vorzüglicher Kinderarzt, und da ihn sein gutes Glück selbst in diesen ersten Tagen zwei sehr schwierige und gefährliche Fälle unter die Hände brachte, denen er sich natürlich mit Aufopferung all seiner Zeit und Kräfte hingab und die Kleinen auch, trotzdem daß sie von dem spanischen Arzte schon aufgegeben worden, dem Leben erhielt, schien der auf so eigenthümliche Weise eingeführte »deutsche Doctor« einen förmlichen Ruf zu bekommen.

Gegen das Ende der Woche erkrankte aber auch der kleine Bill, ein sonst kräftiger und derber Junge, und trotz jeder angewandten Vorsicht, artete das erst leichte Unwohlsein bald in so ein bösartiges hitziges Fieber aus, daß es selbst Grund zu den schlimmsten Befürchtungen gab.

Leifeldt verließ jetzt fast das Haus nicht mehr; Morgens nur besuchte er die wenigen Kranken, die sich ihm schon in der kurzen Zeit seines Aufenthaltes anvertraut hatten und wachte dann selbst die Nächte an dem Bett des armen kleinen Burschen, der in Fieberphantasien lag und die Händchen oft, wie Hülfe flehend, nach ihm ausstreckte. Jenny leistete ihm hier fast ununterbrochen Gesellschaft, selbst die halben Nächte wachte sie, mit einer alten Dienerin gemeinsam, neben dem Bett des Lieblings und ach, welch' glückliche Zeit war das für den jungen Arzt, dem die Stunden da wie Minuten entflogen und dem hier, von der gemeinsamen Sorge für das arme kleine Wesen begünstigt, mehr Gelegenheit ward, das gute Herz und tiefe Gemüth der Jungfrau zu ergründen, als er durch Jahre lange einfache Bekanntschaft gewonnen haben würde.

Bill war der Sohn ihres Bruders, eines Offiziers der

chilenischen Marine, die Mutter des Knaben aber, eine junge Chilenerin, bald nach der Geburt des Kindes gestorben, das so, allein der Sorge des jungen Mädchens übergeben und von diesem aufgezogen, auch mit unendlicher Zärtlichkeit von ihm geliebt wurde. Der Vater des Kleinen war weit in See und zu der Liebe für das Kind selber steigerte sich jetzt die Angst, dem theuren Bruder, bei dessen Rückkehr den Knaben nicht wieder, wie früher, entgegenführen zu können, und in dem einen, seligen Moment Belohnung, o so reichliche Belohnung für all diese Aufopferung und Liebe zu finden.

In den ersten Tagen schien sie in der That nur von dem einen entsetzlichen Gefühl der Angst für das Leben des Kindes fast betäubt, als aber die Krisis glücklich überstanden, und der Kleine ihr in dem kurzen Raum weniger Wochen gewissermaßen zum zweiten Mal wiedergeschenkt war, da kannte ihr Glück auch keine Grenzen, und Leifeldt las in den treublauen, Freude und Seligkeit strahlenden Augen auch die süße Hoffnung seines eigenen Lebens.

Was für frohe, lustige Pläne das arme Menschenherz doch aufbaut in solch schöner Zeit; wie sich die Schlösser da blitzesschnell aus dem Boden heben und freundlich lachende Gefilde das Glück zurückstrahlen, das unsere eigenen glücklichen Träume ihm erst verliehen. Wo sind all die dunklen Schatten, die noch vor so wenigen Monden unser ganzes Leben umnachten wollten, wo die giftigen Schwaden der Sorge und des Leids, die sich auf die Blüthen unserer Jugend legten und ihre Keime zu ersticken drohten? — eine einzige Sonnenwolke hat sie — nicht verscheucht, denn der nächste Augenblick kann sie finsterer, vernichtender emporheben als je vorher — nur mit ihrem lichten, goldenen Schimmer überhaucht und während unser schwaches Auge, das in eine Ewigkeit blicken will, und nicht einmal im Stande ist, den dünnen Glanz dieses Schimmers zu durchschauen, entzückt und selig an dem bunten Farbenschmelz hängt und den glühenden Tinten mit seinen eigenen Bildern Leben giebt, zerstört ein Windhauch oft den ganzen trügerischen Bau, und das Herz möchte mit seinen Schlössern zusammenbrechen und sterben, so weh ist ihm nachher.

Zehn Tage nach dem ersten Ausbruch der Krankheit des Kindes, war jede Gefahr beseitigt, ja es bedurfte nur noch geringer Pflege, den kleinen, aber sonst kräftigen Körper vollkommen wieder herzustellen. So waren denn die Wachen am Bett des leidenden Knaben natürlich eingestellt, aber nichts destoweniger fand sich Leifeldt noch fast an jedem Abend, wie früher, ein, und im Gespräch mit den wackeren alten Leuten, die nur von einer kleinen Pension schlicht und einfach, mehr ihren Kindern und dem kleinen Enkel zu leben schienen, der Jungfrau gegenüber, die dann an ihrer Arbeit saß und wie ein frohes Kind mit ihnen lachte und scherzte, oder auch gar ernst und sittsam die Theemaschine überwachte, die auf dem reinlich gedeckten Tisch brodelte, oder den Eltern das Brod röstete zu dem frugalen Nachtmahl, vergingen ihm jene Abende wie im Flug, und er mußte sich wahrlich oft fragen, ob er das Glück, welches ihm jetzt das ganze Herz füllte, nicht etwa nur träume, und ob das in der That Wirklichkeit sei, welches ihm die Erde schon in diesem Leben zum Himmel mache. O wie lieb, wie heilig sie aussah in diesem geschäftigen Stillleben züchtiger Häuslichkeit, und das Herz wollte ihm manchmal ordentlich verzagen, wenn er nur der Möglichkeit dachte, ein solches Wesen einst sein zu nennen.

Jenny dagegen blieb sich immer gleich gegen den jungen Mann; sie war vom ersten Augenblick an, als er sich der Mutter so annahm, so ungezwungen freundlich gewesen, als ob sie sich von Kindheit auf schon gekannt, und hier nicht fremd, im fremden Lande einander zufällig nur getroffen hätten; nach des Kindes Krankheit aber, in der sich der junge Fremde ihr als ein wirklich treuer Freund bewährt, hatte ihr Betragen gegen ihn weit mehr Herzlichkeit gewonnen; wenn er kam, ging sie ihm bis zur Thür entgegen, und reichte ihm die Hand, plauderte und lachte mit ihm, und freute sich seiner wachsenden Aussichten in der Stadt, die ihnen ja auch die Hoffnung ließen, daß er in Valparaiso bleiben und ihnen nicht wieder so bald genommen würde. Er war ein wirklicher Freund der Familie geworden.

6.

Don Gaspar.

Und was konnte indessen mit Don Gaspar, dem Verschwundenen geschehen sein? — Umsonst waren bis dahin Leifeldt's sämmtliche Anstrengungen gewesen, auch nur seine Spur zu finden; — wie von der Erde fort, blieb ihnen schon fast nichts übrig, als zu glauben, die gierige Fluth, die auf dieser stillen Bai schon so manches Opfer gefordert, habe ihn verschlungen. Leifeldt selbst, der bis dahin viel auf sein überhaupt etwas excentrisches Wesen gebaut und immer noch gehofft hatte, plötzlich einmal aus irgend einer anderen Provinz einen Brief von ihm zu bekommen und dann auch die Ursache zu erfahren, weshalb er ihn, den Freund, so rasch und heimlich verlassen habe, fing an, diese Hoffnung aufzugeben und an den Tod des unglücklichen Freundes zu glauben, als er eines Tages von San Jago und zwar von einem jungen Manne Nachricht erhielt, den er hier in Valparaiso hatte kennen lernen. Dieser versicherte ihn, es lebe dort ein junger Spanier, der seiner Beschreibung fast vollständig entspräche, still und zurückgezogen in einem ganz abgelegenen Theile der Stadt und verkehre fast mit Niemandem. Leifeldt setzte sich augenblicklich auf die Post, die zwischen Valparaiso und der Hauptstadt Chile's läuft, suchte und fand die bezeichnete Gegend, das ihm genau beschriebene Haus und lag, wenige Minuten später in den Armen des Wiedergefundenen, der bei seinem Anblick zuerst fast eine Bewegung machte, als ob er wieder fliehen wolle, dann aber sich an die Brust des Freundes warf und dort weinte, als ob er vergehen wolle vor innerem Schmerz und Weh.

Trotzdem weigerte er sich im Anfang entschieden, wieder mit ihm nach Valparaiso zurückzukehren, jede Ausflucht suchte er vor, die ihn dabei entschuldigen konnte, und war doch auch nicht zu bewegen, einen wirklichen Grund anzugeben. Leifeldt glaubte diesen endlich in einem zu großen Zartgefühl des jungen Spaniers zu finden, der sich vielleicht hier in seinen Erwartungen, Geld zu erheben, getäuscht sah, und nun ihm, der seinetwegen die sichere Stellung aufgegeben, die kleine noch übrige Summe unverkümmert lassen wollte. Froh in dem Gefühl, ihn hierüber wenigstens beruhigen zu können, versicherte er dem Freund, wie er, ganz wider Erwarten, in Valparaiso, in der kurzen Zeit seines Aufenthaltes sich schon ein förmliches kleines Capital verdient habe, und nicht allein einer sorgenfreien, sondern auch frohen Zukunft entgegenzugehen hoffe — Gaspar werde dem F r e u n d nicht versagen, das mit ihm zu theilen, bis er selber seine eigenen Hoffnungen realisirt habe.

Don Gaspar mußte zuletzt wohl oder übel nachgeben, aber so herzlich er dem treuen Freunde dankte, so froh er sich selber zu zeigen suchte, war es doch augenscheinlich, daß noch irgend ein schwerer Schmerz auf ihm lasten mußte, den er, trotz allen Bitten Leifeldts, nur in seinem eigenen inneren Herzen barg.

Fast mit Gewalt bewog ihn Leifeldt endlich, seine wenigen Sachen zusammen zu packen und mit ihm, noch an dem nämlichen Abend nach Valparaiso zurück, aufzubrechen; er that es endlich, und Leifeldt vergaß dann bald in seinem eigenen Glück die gefurchte Stirn des Freundes, dem er jetzt einen getreuen Bericht der vergangenen Tage, seit dieser Flucht, zu geben anfing, und nicht aufhören konnte, die Liebenswürdigkeit der kleinen Familie zu rühmen, in die ihn sein gutes Glück geführt, oder in die er eigentlich besser durch Don Gaspars tollen Sprung förmlich hineingeworfen worden.

Don Gaspar hörte ihm dabei lächelnd zu und strich sich wohl manchmal, wenn jener immer wieder auf seine frohen Hoffnungen und Aussichten zurückkam, leicht aufseufzend, mit der flachen Hand über die Stirn. Erst als sie am anderen Tag die letzten Hügel erreichten, die nach der Stadt hinunterführten, und wieder in Sicht des Meeres kamen, war es auch fast, als ob ein neuer Geist in dem jungen

Spanier erwache. Er richtete sich hoch in dem Wagen auf und mit leuchtenden Blicken nach den einzelnen schneeigen Segeln deutend, die hie und da von dem dunklen Hintergrund des Meeres herüberblitzten, rief er aus:

»Das Meer! — das weite fröhliche Meer — sieh wie es da liegt und wogt und brandet und sich einwühlt in seine eigenen Arme. — Wie ein Becher schäumenden Weines breitet sich's aus — und oh, wer doch, eine Perle in seinem Grunde läge.«

»Unsinn,« lachte aber Leifeldt, jetzt mit der Stadt vor sich ausgebreitet, die Alles in sich barg, was ihm lieb und theuer auf dieser Welt war, in aufsprudelnder Lust — »wie eine Perle? — sag lieber wie eine todte Fliege, wenn Du das Meer denn doch mit einem Glase vergleichst — eine Fliege, Freund, die an's Ufer treibt und wieder ausgeschieden wird. Nein, fort mit den traurigen Gedanken — sieh, Dein Auge hat sich schon ordentlich belebt, und Du fängst an, wieder wie ein vernünftiger Mensch auszusehn. Jetzt weiß ich auch, was Dir bis dahin in den Knochen gelegen — die engen Hügel waren es, die Dich umschlossen, die schwere Luft, die in das schmale Thal herniederpreßte — hier ist der Himmel frei, hier dehnt sich die See wieder in unbegrenzter Breite vor uns aus, und das Herz wird weit und athmet voll, und es ist ordentlich, als ob das Blut in unseren Adern flüssiger, lebendiger geworden wäre. Ich möchte nicht mehr im inneren Lande leben, seit ich erst einmal Seeluft gekostet, und ich kann mir wahrlich nicht denken, daß man sich wieder da wohl fühlen könne, wo man schon einmal den vollen Genuß eines solchen Anblicks, wie wir ihn jetzt feiern, kennen gelernt und mit der Zeit unentbehrlich gefunden hat.«

»Und wenn Deine Jenny nun nach San Jago zöge?« sagte Don Gaspar, lächelnd zu ihm aufschauend, »wie wär es dann mit der See?«

Leifeldt schoß das Blut wie mit einem plötzlichen Strahl in die Schläfe, und er erwiederte, aber mit etwas gezwungener Gleichgültigkeit. »Unsinn, Gaspar — wenn mir das Mädchen wirklich nicht gleichgültig wäre, wie dürfte ich jetzt auch nur daran denken, um sie zu werben, wo ich eben erst angefangen habe, festen Fuß zu fassen. Valparaiso ist ein theurer Ort, und wer hier eine Familie haben und sie anständig durchbringen will, darf eben nicht nur ein junger Arzt und Anfänger sein — und in späteren Jahren — lieber Gott, wir wissen nicht, was die nächste Stunde bringt, wär' es nicht Thorheit, wollten wir uns Pläne auf lange Jahre hinaus machen.«

»Und vielleicht helf ich Dir doch,« sagte freundlich Don Gaspar, ihm die Hand hinüber reichend — »hier in Valparaiso bin ich allerdings nicht im Stande gewesen, Geld zu erheben, auf das ich bestimmt gerechnet hatte, aber ich habe mit der letzten Post nach Madrid geschrieben, und kann schon etwa die Tage berechnen, wo ich nicht mehr der arme Don Gaspar sein werde, wegen dem der Freund Existenz und Brod verläßt, ja seine Freiheit und sein Leben auf's Spiel setzt, ihn zu retten.«

»Unsinn, Unsinn,« lachte Leifeldt, Don Gaspar hatte aber seine Hand ergriffen, schaute ihm ein paar Sekunden, nur gewaltsam eine innere Aufregung bekämpfend, ins Auge und fuhr dann mit leiserer aber fester Stimme fort:

»Es könnte sein, Federigo, daß ich — wir sind Alle Menschen und wissen nicht, wann uns Gott abruft — daß ich plötzlich sterben könnte — ich habe deshalb den erwarteten Wechsel an Dich adressirt, und ich möchte Dich bitten« —

»Gaspar!« rief aber Leifeldt bittend, und jetzt wirklich beunruhigt, »was zum Henker giebst Du Dich plötzlich so trüben Gedanken hin. — Wir sind allerdings sterblich, und jeder Moment kann unserer Laufbahn ein rasches, gewaltsames Ziel stecken, Du vor allen Anderen darfst aber nicht fürchten, daß Dich das Schicksal einem schnellen Tode bestimmt habe, denn wahrhaftig, Du hast ihm Gelegenheit genug gegeben, in solchem Fall zuzulangen. Aber allerdings möchte ich nicht für Dich einstehn, wenn Du so fortfährst, Dein Leben wirklich zum Fenster hinauszuwerfen — einmal findest Du es doch nicht wieder. Mensch, wenn ich nur an die beiden Fälle zurückdenke, wie Du auf den Hai hinuntersprangst, oder Dich den herandonnernden Pferden entgegenwarfst, so weiß ich wahrlich jetzt selber nicht, wie es überhaupt möglich war, nicht einer Gefahr — denn das kann man schon nicht einmal mehr Gefahr nennen — sondern dem wirklichen Tode so durch ein Wunder zwei mal zu entgehen. Die Götter droben können Dich also jedenfalls noch nicht gebrauchen, und Du magst völlig ruhig und unbekümmert in die Zukunft blicken.«

»Und es ist merkwürdig,« sagte Don Gaspar kopfschüttelnd, »ich kann mich auf die Einzelheiten der beiden Fälle gar nicht mehr besinnen — aber sieh da,« unterbrach er sich plötzlich, als der Wagen, von den raschen Pferden wie im Fluge dahin geführt, die äußerste Grenze der Vorstadt berührte — »wir sind an Ort und Stelle, wie es scheint, und die Pferde wittern den Stall. — Wetter noch einmal, wie sie ausgreifen, und dort« — Leifeldt machte plötzlich eine Bewegung, als ob er hinausspringen wollte, und mehrere Damen gingen, ohne jedoch nach dem Wagen selber herüberzusehen, auf den Trottoirs der Straße hin, Don Gaspar ergriff aber seinen Arm und sagte lachend:

»Halt, Señor — machst Du m i r Vorwürfe, daß ich mein Leben thörichter Weise auf's Spiel setze und willst gleich hinterher Deine eigenen Gliedmaßen in Gefahr bringen? War das Deine Dulcinea, wie ich keinen Augenblick mehr zweifle, so werden wir sie heute Abend schon auf eine weniger halsbrecherische Weise zu sehn bekommen, und jetzt vorwärts Kutscher, vorwärts, was zügelst Du die Pferde ein, wir sind noch lange nicht am Ziel!«

»Darf hier nicht galoppiren mit den Thieren, Señor,« erwiederte aber dieser — »Polizei will's nicht haben.« —

»Ja so, die Polizei will's nicht haben,« sagte Don Gaspar plötzlich ganz ruhig, und während sich Leifeldt so weit er konnte aus dem Wagen bog, den Damen nachzuschauen, lehnte sich der junge Spanier in die Ecke zurück, und schaute still vor sich nieder.

Im Hotel wieder angekommen, wo Leifeldt, unnützen Fragen zu begegnen, das anscheinende Verschwinden des

Freundes einem von diesem abgesandten, aber verloren gegangenen Brief zuschrieb, machte sich der junge Deutsche vor allen Dingen auf, Mr. Newland zu besuchen und der Familie die fröhliche Nachricht von dem Wiederauffinden und Zurückkehren des Freundes zu bringen, um diesen dann, wie ihn auch die alten Leute dringend baten, heute Abend noch dort einführen zu können.

Don Gaspar war an diesem Abend so heiter, wie ihn Leifeldt noch nie gesehen — er schien sich selber auf den Besuch zu freuen, kleidete sich mit besonderer Sorgfalt und erkundigte sich, was er bis dahin noch nicht gethan, genau nach den verschiedenen Gliedern der Familie; ihrem Alter, ihren Beschäftigungen, selbst ihrem Äußeren, und Leifeldt wurde nicht müde, ihm zu erzählen.

Der Empfang, der ihm dort wurde, war auch so herzlich, als ob er ein eigener Sohn der alten Leute gewesen wäre; der Greis nur machte ihm Vorwürfe, daß er sich ihrem Dank so lange entzogen und Leifeldts Hand ebenfalls ergreifend, sagte er mit vor innerer Rührung tief bewegter Stimme:

»Mir und uns Allen hier gewiß zum Heil, hat Sie Gott Beide an diese entlegene Küste geführt, denn Ihnen Beiden danken wir das liebe Kind hier, das — ich darf den Gedanken gar nicht ausdenken — auf wie furchtbare Weise ohne Sie hätte umkommen oder an langwieriger Krankheit vielleicht dahin siechen müssen. Betrachten Sie sich aber auch Beide deshalb wie mit zur Familie gehörig und mehr noch wird Ihnen mein Sohn für diesen, besonders ihm erwiesenen Liebesdienst dankbar sein, denn mit Gottes Hülfe hoffe ich sein Fahrzeug doch in den nächsten Tagen wieder hier einlaufen zu sehn. — Aber Jenny, Kind, was stehst Du da in der Ecke, hast unserem lieben Gast noch nicht einmal guten Abend gesagt, und Dich doch so darauf gefreut, ihn begrüßen zu können. Es ist wahr, Don Gaspar, Sie haben uns das Vergnügen recht, recht lang entzogen, und Sie werden s e h r oft kommen müssen, nur einen Theil davon wieder gut machen zu können.«

Don Gaspar wandte sich, die Jungfrau ebenfalls zu begrüßen, und Jenny trat in diesem Augenblick auf ihn zu, reichte ihm, wie einem alten Freund, die Hand und sagte herzlich:

»Sie sind willkommen, Don Gaspar, wie die Blumen im Mai, und es hat uns nur Allen so leid gethan, Ihnen das nicht früher sagen zu können — doch es war Ihre eigene Schuld — kommen Sie jetzt nur recht oft, und Sie werden sich wohl bei uns fühlen. — Aber hier, Bill« — wandte sie sich dann plötzlich zu dem kleinen Burschen, der schüchtern hinter ihr stand und an ihrem Kleide zupfte »hier, Bill, das ist der Gentleman, der Bill damals gerettet hat, als *little boy* so sehr unartig war und auf die Straße hinaus lief, daß *grandmama* krank wurde und nicht mehr gehen konnte — weißt Du das noch — und giebst Du ihm kein Händchen?«

Bill, die kleinen Finger seiner linken Hand, die ihm Jenny drei- oder viermal herunter bog, immer unverdrossen wieder in das rosige Mündchen schiebend, kam langsam, das Köpfchen niedergedrückt und nur schüchtern zu dem Fremden hinaufschielend, näher, und reichte ihm verschämt das rechte Händchen hin.

Wunderbar war der Eindruck, den Jennys Anblick auf den jungen Spanier machte, und Leifeldt lächelte mit einer Art freudigen Stolz sogar, als er sah, wie sich der Freund dem holden lieblichen Kinde gegenüber förmlich befangen fühlte.

Don Gaspar stand in der That im ersten Moment da, als ob er eine Erscheinung gesehen, und nur wie bewußtlos ergriff er die dargebotene Hand in seinen beiden Händen, und hielt sie sogar noch fest geschlossen, als Jenny sich schon leise von ihm losmachen wollte, ihm den Knaben zuzuführen. Erst dann, als er fühlte, daß sich ihm die Jungfrau zu entziehen suchte, ließ er sie erschrocken frei, und das Kind aufnehmend, das ihn im Augenblick vertraut, mit den großen hellblauen Augen freundlich anlachte, und in seinem kraußen Bart spielte, küßte er den Kleinen auf Wangen und Mund und nannte ihn einen braven kleinen Burschen, der nicht wieder auf die Straße hinauslaufen und seiner guten Großmutter und Schwester Schmerz bereiten würde.

An dem Abend war Don Gaspar ein ganz anderer Mensch geworden; es schien ordentlich, als ob die sonst manchmal eisige Rinde seines Herzens aufthaue in der Gesellschaft der lieben Menschen. Besonders wurde es Jennys lebendige Unterhaltung, die ihn anzog, Geist und Gemüth fanden dabei gleiche Nahrung, und fortgerissen von dem lieblichen Feuer des schönen Mädchens, vergaß er bald seine ganze Umgebung, und ließ sich mehr und mehr hinreißen in bunter und glühender werdenden Schilderungen und Bildern. Die Pyrenäen und Felsengebirge, der Amazonenstrom wie der Ganges waren, so jung er noch schien, schon der Schauplatz seiner Thaten gewesen — auf der Jagd bald, bald im Kampf mit den Eingeborenen, hatte es den Knaben fast von Land zu Land getrieben. Nach Spanien zurückgekehrt, fand der thätige Geist keine Nahrung für sein Streben, seine Pläne, und der Krieg der Argentinischen Republik mit Monte-Video, schon die Schilderung jener wilden Reiter der Pampas ließ ihm bald daheim den Boden unter den Füßen brennen. Noch ein Jüngling fast, hatte er schon die Thaten und Erfahrungen eines Menschenalters auf sein Haupt gesammelt, und er konnte nicht still stehn an der Grenze des Begonnenen.

»Mehr aber fast noch als der Drang, dieses neue wilde Treiben mit eigenen Augen zu schauen« — fuhr er endlich in der Schilderung seines eigenen Lebens, in die er wie unbewußt hinein gerathen war, und der Alle, besonders Leifeldt, mit gespannter Aufmerksamkeit folgten, fort — »zog mich die Sehnsucht herüber, einen Bruder hier zu finden — einen Zwillingsbruder, den ich seit meinem zwölften Jahre nicht gesehen und an dem mein Herz mit all jener fast wunderbaren, geheimen Sympathie hing, die das Herz zweier solcher Wesen bis zum — — ja vielleicht noch nach dem Tode umschlingt. Leider wußte ich nur, daß er seinen letzten Aufenthalt in Buenos-Ayres selber gehabt, und konnte keine nähere Adresse von ihm bekommen, dort angelangt, blieben auch eine Zeit lang alle meine Nachforschungen nach ihm vergeblich, und während Einzelne den Namen wollten in Monte-Video gehört haben, behaupteten Andere, er sei in eigenen oder Regierungsangelegenheiten nach Mendoza, der fernen

Grenzstadt der Republik gesandt worden. Nach allen diesen Orten schickte ich jetzt Briefe aus, in der Hoffnung, daß einer von ihnen den Bruder doch erreichen und ihm meine Nähe melden möge — und — hahaha — es ist eigentlich zu komisch, wenn man bedenkt, wie das Schicksal die Leute manchmal zusammenwürfelt, und welch entsetzliche fürchterliche Folgen aus einer einzigen Idee, einem Wunsch, einem Brief — einem W o r t entstehen können.«

Don Gaspar lachte halb, als er die Worte sprach, aber die Todtenblässe, die jetzt seine Züge bedeckte, der starre, kalte Blick, die zitternden Lippen straften sein Lachen gar furchtbar Lügen. Er hatte auch, wie es schien, ganz seine Umgebung vergessen, und die Stirn jetzt eine ganze Weile in den Händen bergend, preßten sich einzelne klare perlende Tropfen zwischen den fast mädchenhaft zarten Fingern durch.

Die kleine Gesellschaft saß indeß in schmerzlicher, fast peinlicher Spannung, und Leifeldt besonders, denn selbst ihm hatte der Freund bis dahin hartnäckig die frühere Geschichte seines Lebens verschlossen gehalten, empfand eine unnennbare, ihm selbst unerklärliche Angst, die Schicksale des Unglücklichen zu hören, die wirklich furchtbarer Art sein mußten, wenn nur die Erinnerung daran das sonst so eiserne, unerschrockene Herz des Mannes in solcher Art zu erschüttern vermochte. Keiner wagte ihn indeß zu stören, und selbst Bill schmiegte sich, die großen, blauen Augen ängstlich und bestürzt auf den fremden Mann geheftet, an das Knie der Tante, und sein kleines Herz schlug schneller in dem Mitgefühl um die fallenden Thränen.

Endlich, wohl nach fünf Minuten, in denen nur das monotone Ticken der großen Wanduhr die fast feierliche Stille unterbrochen, fuhr der Erzähler, die Hände langsam senkend und stier dabei vor sich nieder sehend, mit leiserer Stimme, die aber in der Erzählung selber bald wieder zu der frühern Lebendigkeit anwuchs, fort:

»Drei Monate später erhielt ich endlich Antwort auf eines meiner Schreiben, und zwar von Cordova aus, wohin der nach Mendoza von mir gesandte Brief befördert worden war. — Felipe hatte in einem Jubel an mich geschrieben, daß wir uns endlich wieder sehen sollten. Er war glücklich — in Cordova war ihm Alles geworden, was das Herz nur an diese Erde zu fesseln vermag: ein treues Weib, ein liebes Kind, und nicht Worte konnte er finden, mir die Seligkeit zu schildern, in der er lebe. Nichts destoweniger wollte er Alles dort verlassen, was ihm lieb und theuer war, den Bruder nach so langen Jahren der Trennung wieder an sein Herz zu drücken, und den Tag hatte er mir schon bestimmt, an dem er in Buenos-Ayres eintreffen würde.«

»— Auch ich hatte indessen,« fuhr Don Gaspar nach einer längeren Pause, in der er seine innere Bewegung gewaltsam niederkämpfte, fort: »ein Wesen gefunden, dessen Besitz mich, wie ich damals glaubte, zum Glücklichsten der Sterblichen machen mußte. — Der Tag des Wiedersehns mit meinem Bruder sollte auch am Altar i h r e Hand in die meine legen — der Tag kam — aber wie sollte er enden.«

»Schon in der letzten Zeit hatte ich in dem Hause meiner künftigen Schwiegereltern einen Cavallero aus- und eingehen sehen, dessen Betragen gegen meine Braut mir nicht gefiel — mich selber behandelte er dabei ganz mit dem Eigendünkel der südamerikanischen Raçe dem spanischen Blut gegenüber, und nur die Gegenwart meiner Schwiegereltern hatte schon zweimal verhindert, daß es zu harten Worten und vielleicht härteren Thaten zwischen uns gekommen.«

»So brach der Morgen vor meinem Hochzeittag an, und mancherlei Geschäfte, die mich an dem Tag auf der Straße hielten, Einkäufe und Besorgungen, veranlaßten mich, in eine Pulperia[12] zu treten, und ein Glas Wein zu trinken — ich wollte eine Erfrischung finden — und fand den Tod.«

»In der Pulperia stand, ohne daß ich ihn anfangs bemerkte, ich hätte ihn sonst an d i e s e m Tage vermieden, jener Argentiner im eifrigen Gespräch mit einem anderen — einem anerkannt schlechten Subjekt, das als Werkzeug schon zu manchem schlechten Streich sollte benutzt sein.

66

Was der Inhalt ihres Gesprächs gewesen, weiß ich nicht, soviel ist gewiß, ich hatte kaum Platz an einem der Tische genommen, als sich ihre Aufmerksamkeit auf mich lenkte und sie mit meinen nächsten Nachbarn ein lautgeführtes Gespräch begannen, das mich nicht gleichgültig lassen konnte. Es galt mein Vaterland, und so fest ich auch gewillt war, gleich im Anfang, als ich den ziemlich grob angelegten Plan, mich zu reizen, errieth, den Saal zu verlassen, fielen doch bald Äußerungen, die es mir unmöglich machten, sie unerwiedert zu lassen. Die beiden Argentiner besonders, beides wenigstens äußerlich fanatische Anhänger des Diktators, schmähten meine Nation auf eine so nichtswürdige und perfide Weise, daß ich endlich gar nicht mehr umhin konnte, ihnen zu antworten — ich hätte Fischblut in den Adern haben müssen. Ein Wort aber gab das andere, im vollsten Übermuth trieben es meine Gegner mit Gewalt zum Äußersten, und der nächste Morgen — mein Hochzeittag — wurde dazu bestimmt, unseren Streit auszugleichen. Noch an dem nämlichen Nachmittag aber überfielen mich die beiden Schurken meuchlerischer Weise, und nur meinem guten Glück hatte ich es zu danken, daß der erste nach mir geführte und jedenfalls tödtlich gewesene Stoß an meiner Uhr abglitt, während der Mörder von meiner Hand fiel. Der andere, der mich rasch wieder gerüstet und seinen teuflischen Plan vereitelt sah, wollte jetzt entfliehen — aber ich war flüchtiger als er. Das Blut zum Sieden getrieben — die blanke Waffe in der Faust, verfolgte ich ihn durch mehrere Straßen, mehr und mehr ihm nahekommend. — Vergebens war sein Hülferuf, die Leute wagten nicht, dem bewaffneten Verfolger in den Weg zu treten, und in demselben Augenblick, als er an der einen Ecke erschöpft und matt zusammensank« — Don Gaspar schwieg einen Augenblick, und setzte dann tonlos hinzu — »traf mein Stahl sein Herz!«

»Erst als ich ihn blutend vor mir liegen sah, wußte ich, was ich gethan, begriff aber auch zugleich die Gefahr, in die ich mich selber dadurch gebracht; die Henkersknechte des Diktators waren schnell in der Vollziehung rascher gegebener Urtheile, und nicht eine Stunde durfte ich mich länger sicher wähnen, denn ich war in der Verfolgung sowohl, wie in der That selber erkannt und auch schon umstellt worden. Meine Waffe brach mir aber auch hier Bahn, und in und durch ein mir bekanntes Haus flüchtend, brachte ich meine Verfolger auf die falsche Fährte.«

Die bald einbrechende Nacht konnte mich dabei leicht aus dem Bereich jeder Gefahr bringen; oben in der Boca[13] lag ein kleiner Nachen — ich kannte die Stelle genau, und auf der Außenrhede ankerte ein spanisches Kriegsschiff — einmal dort an Bord, und Rosas sämmtliche Macht hätte mir kein Haar meines Hauptes krümmen können. Vorher aber mußte ich meinem Bruder Nachricht von mir geben; was kümmerte mich die Gefahr, der ich mich dabei aussetzte, und meinen Versteck wieder verlassend, wanderte ich, in meinen Pancho dicht eingehüllt, langsam, um keinen Verdacht zu erregen, dem Mittelpunkte der Stadt zu, wo man mich jetzt, da ich vor mehreren Stunden gerade in einer entgegengesetzten Richtung geflohen, auch schwerlich vermuthen durfte. Nichts destoweniger waren die Straßen heut Abend belebter, als ich sie noch je gesehen, irgend etwas Besonderes schien hier vorgefallen, und um die eine Ecke biegend, hörte ich, wie ein Gaucho zum anderen lachend sagte:

»Sie haben ihn, *amigo — caramba*, er wollte sich noch verantworten, aber die gnädigen Mashorqueros lassen sich nicht auf Erklärungen ein — er sieht jetzt aus, als ob er sich beim Rasiren geschnitten hätte.«

»Mir stockte das Blut in den Adern, ich wußte nicht weshalb, aber wie ein elektrischer Schlag rührte mich das flüchtige Wort, und anstatt jeder Beobachtung so rasch als möglich zu entgehn, und das nur kaum noch fünfzig Schritt entfernte Haus, durch dessen Hinterpforte ich leicht wieder einen Ausgang finden konnte, zu erreichen, frug ich, mein Gesicht nur soviel als thunlich mit dem Pancho und breitrandigem Hut verdeckt, den mir nächsten Burschen, wen sie gefangen und ermordet hätten?«

»Wen? — *caracho*,« sagte der grimmige Gaucho lachend, »wen anders, als den Hund von Spanier, der heute Morgen zwei wackere Männer der Föderation meuchlings überfallen und ermordet oder doch bös getroffen hat.« — »Und sein Name?« — mein eigener donnerte mir ins Ohr, und während sich die Straße mit mir zu drehen begann, weiß ich nur, daß ich dem Orte zustürmte, wo die Leiche lag.

»Und dort?« — frugen die Zuhörer in tödtlichster Spannung wie aus einem Munde — denn der Erzähler saß mit stieren Blicken, den rechten Arm vorgestreckt, als ob er das Schreckensbild aus dem Boden steigen sähe, regungslos da, und die Augen gewannen einen wilden, fast unheimlichen Glanz. Plötzlich aber, als ob er fühle, daß aller Augen angst- und erwartungsvoll auf ihn gerichtet seien, fuhr er empor, und den Blick rasch und forschend im Kreis umherwerfend, haftete dieser auf dem Thränenglanz in der Jungfrau Auge, die ihm mit bleichen Wangen und hochklopfendem Herzen gegenüber saß und jedes Wort von seinen Lippen in peinlicher Spannung aufgesogen hatte. Erst seinem Blick begegnend, senkte sie den ihren, und Don Gaspar, der jetzt eine ganze Zeit lang wie träumend zu ihr hinüberschaute, strich sich plötzlich die schwarzen krausen Locken von der Stirn, und hochaufathmend war es fast, als ob er ein schweres, furchtbares Gewicht von seiner Brust gewälzt hätte.

»Und dort? — wen fanden Sie dort?« rief aber jetzt noch einmal die alte Mrs. Newland und auch Leifeldt, der hinzutrat und die Hand auf des Freundes Schulter legte, wiederholte leise die Frage.

»Dort?« lachte aber Don Gaspar, dem in diesem Moment schon wieder der alte kecke Übermuth aus den Augen blitzte, »dort? — wie mir scheint hätte ich Schauspieler werden sollen — hahaha — habe ich mir doch nie im Leben solch ein Talent zum Erzählen zugetraut — wahrhaftig, Señora, Sie sind ja ganz davon ergriffen, und die Señorita hat Thränen in den Augen.«

Er sprang auf und Mrs. Jennys Hand ergreifend, sagte er mit leiserem, fast bittendem Ton:

»Zürnen Sie mir nicht, Señorita, ich wollte weder Sie noch die lieben Ihrigen betrüben — nur zerstreuen, habe es aber, wie ich sehe, ganz falsch angefangen. Nicht wahr, ich wäre alt genug, vernünftig zu sein, und doch plagt mich ein kleiner Teufel, den ich, zu größerer Bequemlichkeit mit mir herumtrage, manchmal wahrhaftig bis aufs Blut solch

70

närrische Streiche zu spielen — aber ich muß nachher dafür büßen, wenn ich sehe, welch Unheil ich angerichtet habe« — setzte er weicher hinzu.

Jenny war so vollkommen durch diese Wendung des Ganzen überrascht, daß sie im ersten Moment in der That gar nicht wußte, ob sie weinen oder lachen solle, ein Blick in die Augen des Fremden aber machte sie auch wieder stutzen — dort lag mehr als ein einfach kecker Leichtsinn, gräßliche Geschichten zu erzählen und das Blut seiner Hörer erstarren zu machen — ein furchtbares Geheimniß schlummerte hinter diesen dunklen Sternen, und welchen gewaltigen Kampf mußte es ihm kosten, das jetzt mit solcher Macht und Ruhe niederzuhalten.

Das schöne Mädchen ließ ihre Hand in der des Bittenden länger, als sie selbst wohl wußte, und als sie ihm dieselbe endlich, und nur langsam entzog, begegnete Don Gaspar dem Blick des Freundes, der halb forschend, halb zweifelnd auf ihm haftete. Er wich dem Blick aus, lächelte aber, als er ihm, mit abgewandtem Antlitz die Hand reichte und fest drückte.

»Nein, so 'was!« rief aber jetzt die alte Dame in größtem Erstaunen, — »segne meine Seele Herr — und das war eine bloße Geschichte, und so natürlich, daß Einem das Herz ordentlich zu klopfen aufhörte und der Athem still stand in der Brust — aber Mr. Gaspar, das müssen Sie uns künftig vorher sagen, daß Sie's nicht so ernsthaft meinen; man weiß ja wahrhaftig sonst gar nicht mehr, woran man ist.«

Don Gaspar hielt indessen noch immer Leifeldts rechte Hand mit seiner linken, und dessen Arm mit seiner rechten Hand gefaßt — es war fast, als ob er ihm noch etwas sagen wollte vor allen Andern — als ob er sich gerade bei ihm rechtfertigen müsse, aber er machte sich auch von ihm endlich los, und sich rasch zu dem alten Herrn wendend, der ihm entgegentrat, schüttelte er ihm herzlich die Hand und sagte, leicht mit dem einen Auge dabei blinzend: — »nicht wahr, Sir, Sie wußten, wo ich hinaus wollte.«

»*I'll be damned if I did,*«[14] rief aber der alte Herr treuherzig, die ihm dargebotene Hand aus Leibeskräften schüttelnd — »nicht die Probe davon, so wahr mein Name Newland ist — hielt die ganze Geschichte für baare Münze und meine Seele dachte nicht daran, daß Sie Spaß machen könnten — haben aber ein famoses Talent, und wenn Sie das so auf dem Theater von sich geben könnten wie hier, Sie müßten reich dabei werden.«

»Ach, das ist ja gerade unser Unglück auf dieser Erde,« lachte Don Gaspar dagegen, »daß wir eben in der Jugend noch nicht selbstständig handeln können, oder w e n n wir es könnten, doch nicht im Stande wären, der Bahn mit den Blicken zu folgen, die anscheinend glatt und weitdehnend vor uns ausgebreitet liegt — hat aber die E r f a h r u n g erst ihre Furchen in unsere Stirn gegraben, dann ist es gewöhnlich zu spät, noch einen neuen Lebensweg zu wählen, und wir mühen uns verstimmt und unmuthig auf der, freilich selbst betretenen, breiten und staubigen Heerstraße hin, während links und rechts abzweigend, und doch alle demselben Ziel entgegenführend, die schattigsten, blumenreichsten Gänge und Pfade liegen — wenn die Chausseegräben nur nicht so verwünscht breit wären.«

Mit rascher Wendung führte er seine ihn noch immer halberstaunt halb mißtrauisch betrachtenden Zuhörer wieder auf das erste Feld der Unterhaltung zurück; kleine interessante Züge aus seinem Leben, mit einer ganz eigenthümlichen Mischung von Humor und Ernst vorgetragen, weckten dabei bald wieder ähnliche Erinnerungen bei den Freunden, und ehe eine halbe Stunde verflossen, war das Gespräch wieder allgemein und lebendig geworden, und man lachte und erzählte sich noch bis spät in die Nacht hinein.

Auf dem Heimweg suchte nun zwar Leifeldt den Freund wieder auf die Geschichte seines Lebens zurückzubringen, aber der hielt ihm nicht Stand, sprang rechts und links ab, und war gerade heute so voll von tollen, lustigen Einfällen, daß es unmöglich schien, noch ein ernstes Wort mit ihm zu reden.

7.

Der Verdacht.

Die nächsten drei Tage war Don Gaspar übrigens nicht zu bewegen, seinen Besuch bei Newlands zu wiederholen, trotzdem sogar, daß ihm Leifeldt eine förmliche Einladung dorthin brachte — er entschuldigte sich mit einem peinlichen Kopfschmerz und trieb sich fast den ganzen Tag am Seestrand herum, einkommende Schiffe zu beobachten. Er war auch still und schweigsam dabei, und es schien fast, als ob nach einer zu starken Aufregung jenes Abends eine Abspannung gefolgt sei, die er sich nicht einmal die Mühe geben wollte, von sich abzuschütteln. Bei Newlands dagegen, bildete er fast den einzigen Punkt, um den sich die Unterhaltung drehte, und mochte das Gespräch, nach welcher Richtung es wollte, sich gewandt haben, der erste Schritt im Hause unten, das zufällige Öffnen oder Schließen einer Thür, brachte fast stets die Worte: »Sollte das Don Gaspar sein?« — Leifeldt war auch schon mehrfach gefragt worden, wie und wo er den Freund kennen gelernt habe, wußte aber die Frage immer zu umgehen und suchte nun auch seinerseits die alten Leute darin zu bestärken, Don Gaspar habe sich an jenem Abend mit der gräßlichen Geschichte — wo sie ja nicht anders denken konnten, als sein Zwillingsbruder sei für ihn erschlagen worden — einen freilich etwas entsetzlichen Spaß gemacht, während Jenny dagegen eben so bestimmt behauptete — und Leifeldt pflichtete ihr im Herzen schon fast bei — der Schluß des w a h r e n Vorfalls sei ihm selber so furchtbar vorgekommen, daß er sich gescheut habe, sie mehr zu ängstigen, und lieber Alles das gewaltsam niederkämpfte, was ihm in dem Augenblicke sicher drohte die Brust zu zersprengen. — Der arme Mann, was mußte er seit der Zeit heimlich gelitten und mit sich herum getragen haben.

Erst am dritten Abend betrat Don Gaspar wieder das Haus der Newlandschen Familie, und dießmal bat er sich Leifeldt selber zur Begleitung an. Wenn die alten Leute aber auch oft und oft versuchten, wieder auf seine frühere Erzählung — bei der sie ihn versicherten, wie sie ihn vertheidigt hätten, zurückkamen, wußte er ihnen doch immer geschickt auszuweichen, und es war so augenscheinlich, daß ihm selbst eine Berührung jenes Abends wehe that, und Leifeldt wie Jenny suchten daher das Gespräch in anderer Richtung zu leiten und zu halten.

Von da an war Don Gaspar ein täglicher Gast in Newlands Haus, und während Leifeldt jetzt mehr und mehr Beschäftigung bekam, wie das Zutrauen in der Stadt zu ihm wuchs und seine Kenntnisse sich entwickeln und Bahn brechen konnten, saß er oft stundenlang mit Jenny am Schachbret, las irgend ein Buch mit ihr, oder erzählte den alten Leuten Abentheuer und Scenen aus seinem wunderbar bewegten Leben.

Er war von der Zeit an fast ein anderer Mensch geworden. — Ruhe und Friede schien in sein Herz eingekehrt, und was er auch früher gelitten und ertragen haben mochte, eine freundliche Gegenwart glättete die schmerzgefurchte Stirn, und das Auge lachte wieder, nicht in erkünsteltem, sondern in wirklichem Glück. Er zeichnete dabei kein einziges Glied des kleinen Familienkreises aus — fand er den alten Herrn allein, so saß er stundenlang mit ihm da und plauderte von Jagd und Ackerbau, von Viehzucht und Weinbau, für den sich der alte Gentleman besonders interessirte, und von der See und der fernen Heimath, — war die alte Dame gut aufgelegt dazu, und das geschah oft, so ging er eben so gern auf all die wunderlichen Kapitel ein, die sie, nach alter Gewohnheit, vor ihm herauf zu beschwören wußte, — dann erzog er mit ihr Kinder und mästete Gänse, legte einen Garten an, oder diskutirte die Vorzüglichkeit des javanischen vor dem brasilianischen Kaffee. — Mit Jenny war er derselbe, ihre Nähe schien aber einen besonders wohlthätigen Einfluß auf ihn auszuüben, kein wildes, auflodernendes Wort kam über seine Lippen, wenn er sich gerade allein mit ihr befand, was ihm sonst doch sogar in Gegenwart der alten Dame manchmal passirte, die aber ihre

74

Freude daran hatte und dann immer meinte, es thäte ihrem alten Herzen ordentlich wohl, noch Feuer und Leben in der Jugend zu sehn und ihren Geist daran zu erwärmen. Aber auch selbst Jenny vergaß er manchmal, wenn ihm gerade die Lust anwandelte, mit dem Kinde zu spielen und er nun mit Bill in ausgelassener Fröhlichkeit in Haus und Garten herumtollte, daß selbst das Kind ihn manchmal ganz ehrbar bat, nicht einen solchen Spektakel zu machen, sondern ihm lieber eine kleine Geschichte, oder ein Märchen zu erzählen, wie er sie zu hunderten zu ersinnen und auszuspinnen wußte.

Anders war es aber mit der Familie selber, so herzlich Don Gaspar von A l l e n aufgenommen wurde, so erkannte das scharfe, so leicht mißtrauische Auge der Eifersucht bald einen Vorzug, den ihm die Jungfrau selbst vor den Übrigen einräumte. Ein wilder Schmerz durchzuckte Leifeldts Herz, als dort zum ersten Male der Gedanke an eine solche Möglichkeit aufstieg. Er war allein mit Jenny gewesen, und neben ihr sitzend hatte er angefangen von seinen Plänen und Hoffnungen zu plaudern, wie ihn das Glück hier in Valparaiso so weit über Erwarten begünstige, und wie er nun fast schon die Zeit berechnen könne, in der es ihm möglich sein würde, einen e i g e n e n H e e r d zu gründen. Das Herz lag ihm heute auf der Zunge, und der Muth fehlte ihm nur noch, dem holden Mädchen seine Liebe zu gestehen, und sie — nicht um ihre Hand zu bitten — der unbemittelte, junge Arzt durfte noch nicht wagen, das Geschick eines so lieben zarten Wesens an das seine zu knüpfen, ehe er ihm mehr als die Aussicht eines sorgenfreien Lebens bieten konnte — aber sie zu fragen, ob sie glaube, sich einst an seiner Seite glücklich fühlen zu können, und dann, mit solcher Gewißheit im Herzen, neuen Anstrengungen und Arbeiten in dem süßen, beseeligenden Gefühl entgegen zu gehen, das Ziel zu kennen, dem er zustrebe, und in ihm gerade sein ganzes Glück und Heil zu finden.

Ob Jenny fühlte, daß der bisherige F r e u n d einer anderen Gestaltung ihres Verhältnisses entgegendränge, — ob sie diese Erklärung fürchtete, oder ihr nur ausweichen wollte in mädchenhafter Schüchternheit, aber sie war unruhig und befangen, stand oft auf, unbedeutende Sachen zu besorgen, und suchte wieder und immer wieder dem Gespräch eine andere, gleichgültigere Wendung zu geben, als plötzlich der Klopfer unten an ihrer Thüre ertönte, und gleich darauf des Spaniers rasche Schritte auf der Treppe gehört wurden.

»Don Gaspar,« rief Jenny, freudig überrascht von ihrem Stuhle aufspringend, zugleich aber dem Blick des jungen Schweden begegnend, war sie Weib genug, zu fühlen, wie wehe sie dem in diesem Augenblick gethan. — Das Blut schoß ihr in die Schläfe, und langsam den eben so rasch verlassenen Sitz wieder einnehmend, setzte sie leiser hinzu: »Er wird sich freuen, Sie hier zu finden.« —

Don Gaspar betrat gleich darauf das Zimmer, und das Gespräch drehte sich um gleichgültige Gegenstände; von dem Augenblicke an aber war der Same des Mißtrauens, der Eifersucht in das sonst so treue, ehrliche Herz des jungen Schweden gefallen, und schlug seine breiten Wurzeln da und wühlte und nagte in all seiner wachsenden Stärke und Furchtbarkeit.

Von dem Tage an war es um Leifeldts Frieden geschehen — je freundlicher, je herzlicher Jenny gegen ihn wurde, desto mehr zog er sich vorsichtig in die innersten Vesten seiner eigenen Brust zurück, denn was bis dahin seinem wachenden, sehenden Auge total entgangen, erschloß sich plötzlich dem von Argwohn bewaffneten Blick mit tödtlicher Schärfe. — Er sah, Jenny liebte den Freund, und das war der Todesstoß all seiner süßen, so heimlich und treu gepflegten Hoffnungen und Träume — das der Sturz seiner liebsten, seligsten Pläne.

Sonderbarer Weise blieb sich Don Gaspars Benehmen, der Jungfrau wie dem Freund gegenüber, vollkommen gleich; oft sahen sie ihn zwei oder drei Tage nicht, die er in der Nähe Valparaisos verbrachte — sein Lieblingsplatz war dann die Seeküste, von wo aus er halbe Tage lang kommenden Segeln entgegenschaute, und kehrte er endlich zurück, so betrug er sich gerade, als ob er nicht einen Augenblick abwesend gewesen wäre und irgend vermißt sein könnte.

Nicht so Jenny; — wie unbewußt sie sich auch bis dahin ihrem Herzen überlassen, so war sie seit jenem Abend, wo der erste mißtrauische Blick des jungen Arztes ihrer eigenen Seele Licht gegeben, ihr selbst gewissermaßen die eigene Brust erschlossen hatte, ganz still und schüchtern geworden, und eine fast krankhafte Erregung schien ihr sonst so heiteres, kräftiges Gemüth umhüllen — ertödten zu wollen. Das Mutterauge entdeckte auch bald die, wirklich auffallende Veränderung selbst in ihrem Aussehen, Jenny leugnete aber, sich anders, als vollkommen wohl zu befinden, und der deshalb von der alten Dame befragte Leifeldt erklärte ebenfalls die Blässe der Wangen, den fehlenden Glanz der Augen für ein leichtes Unwohlsein, das die nächsten Tage wieder heben könnten. Ach, ihm schnitten diese eingesunkenen Augen tief, tief ins Herz, und durfte er sagen, was sie verursacht hatte? — mußte er nicht dem eigenen, hoffnungslosen Schmerz da ebenfalls die Worte geben? — Und Jenny reichte ihm diesmal, als er von ihr ging, die Hand, und preßte sie leise — sie sprach kein Wort, aber dieser einzige Händedruck kündete ihm sein Loos deutlicher, als es Worte je im Stand gewesen — sie d a n k t e ihm für sein rücksichtsvolles Schweigen — und er hätte vergehen mögen vor bitterem Weh.

So waren noch zwei Tage verflossen, und Leifeldt rang in dieser Zeit mit sich, ob er offen zu dem Freunde reden, oder dem Schicksal seinen ungestörten Lauf lassen solle. Mit seinem ganzen ehrlichen, offenen Wesen trieb es ihn, diesem ersten Gefühl zu folgen, immer aber warf er sich selber wieder ein, daß der Spanier die Liebe des jungen, engelschönen Mädchens noch gar nicht einmal zu ahnen scheine, und sollte e r es sein, der da mit eigener Hand den Funken in die Pulverkammer schleuderte? — Er konnte sich, so oft er sich auch dazu überreden wollte, es sei das Beste, ja das Einzige, was ihm zuletzt zu thun übrig bliebe, doch immer und immer wieder nicht dazu entschließen, und zögerte damit so lange, bis er sich am Ende selbst wieder einredete, er habe sich doch vielleicht getäuscht, und noch liege die Möglichkeit vor ihm, die Geliebte seines Herzens einst auch die Seine nennen zu können.

So kam Jenny's Geburtstag heran, und Mr. Newland hatte

in seinem Hause, diesen Tag zu feiern, eine kleine Festlichkeit angeordnet, zu der, außer mehreren anderen Bekannten, auch unsere beiden Freunde, wie der Buenos-Ayres Konsul, Don Guzman de Ribera, geladen waren.

Dieser begrüßte Don Gaspar wie einen alten Bekannten, — er wußte ja, der junge Mann war von Buenos-Ayres herübergekommen, und er selber, dort geboren, hatte noch zu viel Anhänglichkeit an die Stadt, nicht für jedes ein Interesse zu empfinden, das mit derselben, wenn auch in der entferntesten Berührung stand. Es war das eine Art Heimweh — wenn er sich des Gefühles selber auch kaum bewußt sein mag — wie es den Kamtschadalen an seine Eisfelder, den Sohn der Wüsten an die öden Sandflächen seines Vaterlandes bindet, und Don Guzman war noch dazu ein gar eifriger Anhänger des Diktators, und freute sich der Erfolge, die dieser errungen, mit sichtlichem Stolz.

Don Gaspar schien heute besonders guter Laune zu sein, und so viel Mal auch Don Guzman versuchte, seiner habhaft zu werden, ihm die allerneuesten Nachrichten von »der anderen Seite der Cordilleren« mittheilen zu können, wußte er ihm doch immer wieder zu entgehen, und dem Gespräch eine andere, allgemeinere Richtung zu geben.

Leifeldt dagegen zeigte sich still und zurückgezogen, der Freund hatte Jenny's Seite noch kaum verlassen, seit sie das Zimmer betreten hatten, und der junge Schwede versuchte umsonst der Gedanken ledig zu werden, die ihm mit immer herberer Pein das Herz durchzogen.

»Aber Señor Federigo ist heute Abend so mißgestimmt,« sagte endlich die alte Mrs. Newland, die sich bis dahin fast nur mit Don Gaspar und ihrer Tochter unterhalten hatte, und den jungen Arzt eigentlich erst jetzt in ihrem Gespräch vermißte — »segne meine Seele, ich weiß mich noch wahrlich nicht eines Wortes zu erinnern, das Sie heute den ganzen Abend gesprochen hätten — fehlt Ihnen etwas?« —

»Nicht das Mindeste,« lächelte Leifeldt, etwas verlegen aufstehend und sich ihr nähernd — »aber Sie waren Alle dort so gar lebhaft im Gespräch begriffen.« —

»Und dazu gehören Sie eben so gut, Mr. Leifeldt,« sagte Jenny, freundlich ihm die Hand reichend — »wir sprachen eben davon, wie glücklich wir uns schätzen dürfen, in einem fremden Lande so viele treue und liebe Freunde gefunden zu haben, und wie dankbar wir dafür unserem Schicksal sein müssen.«

»Das Wort F r e u n d s c h a f t ist ein wilder Begriff, Señorita,« erwiederte aber Don Gaspar rasch — »und unsere Sprache ist arm, daß wir nicht im Stande sind, dieß wunderlichste aller Gefühle in seine verschiedenen Klassen einzutheilen.«

»Und haben S i e verschiedene Klassen für Ihre Freundschaft, Don Gaspar?« frug ihn das schöne Mädchen lächelnd.

»Allerdings,« sagte der Spanier rasch — »und so streng geschieden von einander, wie sie das wunderlichste Gefäß im menschlichen Körper — das Herz — zu scheiden vermag — Freunde, die ihr Leben für mich lassen würden« — und er reichte, während er sprach, dem jungen Schweden die Hand — »und Freunde, die mich verfolgen mit — mit ihrer Liebe und mich gern unter die Erde drücken möchten vor lauter Herzlichkeit — Freunde, deren Lächeln schon das Blut in froher Brust durch meine Adern jagt, und Freunde, deren Kuß und Schwur es erstarren machen würde.«

»Und zu welchen dürfen wir uns da zählen?« frug Jenny leicht erröthend.

»Ich brauche Ihnen das nicht mehr mit Worten auszudrücken,« sagte Don Gaspar mit dem herzlichsten Tone seiner Stimme, und während er die Hand des Mädchens ergriff, bemerkte Leifeldt mit tiefem Schmerz, wie es die ganze Gestalt der Jungfrau, einem elektrischen Schlage gleich durchzuckte; »Sie haben mich hier Alle mit so unendlicher Freundlichkeit behandelt« — fuhr der Spanier dabei fort — »ich müßte ein Herz von Stein in der Brust haben, könnte es anders für Sie schlagen, als es thut — aber unser Gespräch wird zu ernst,« brach er dann rasch und plötzlich ab, und Jenny's Hand loslassend und die der

Matrone ergreifend, setzte er lachend hinzu — »da, Mama hat schon Thränen in den Augen, und der dürfen wir doch wahrlich den heutigen, fröhlichen Abend nicht verderben.«

In diesem Augenblick wurde zu Tische gerufen, und Jenny trat fast unbewußt einen kleinen Schritt zurück, als ob sie sich der Aufmerksamkeit der Übrigen entziehen wollte, bis — Leifeldt wagte den Gedanken nicht auszudenken und wollte eben an die alte Dame hinantreten, dieser seinen Arm anzubieten, als Don Gaspar schon die Hand der Mrs. Newland in seinen Arm zog, Mr. Newland mit Don Guzman im eifrigen Gespräch langsam dem Speisezimmer zuschlenderte, und der junge Mann jetzt nicht umhin konnte, Miß Newland zu geleiten. Jenny wollte etwas sagen, als er sich ihr zögernd näherte, aber, ob sie fürchtete, ihm wehe zu thun, oder nicht das rechte Wort fand zu beginnen, sie schwieg, und ließ sich von ihm zur Tafel geleiten.

»Aber Don Gaspar,« begann hier Don Guzman, der dem Spanier gerade gegenüber seinen Platz hatte, wie sie kaum ihre Sitze eingenommen — »ich habe Ihnen noch gar nicht erzählen können, daß der chilenische Correo glücklich über die Berge von Mendoza herübergekommen ist, und die Post von ein paar Monaten mitgebracht hat; elf Tage war er in der dritten Casucha[15] drüben im Schnee »verschlossen«, und ihr Chargue[16] mußte er mit seinen Leuten zuletzt trocken kauen, sich nur am Leben zu erhalten — sie wären beinahe verhungert, und der Temporale[17] soll furchtbar gewüthet haben.«

»Die armen Menschen,« sagte Jenny mitleidig — »es ist doch ein entsetzliches Brod, sein Leben auf jedem solchen Marsch tollkühn auf's Spiel zu setzen. Wie Viele sind schon dabei umgekommen, und immer und immer wieder giebt es Andere, die der wenigen Unzen wegen die Glieder dem Frost und Hungertode Preis geben.«

»Und Monte-Video ist immer noch nicht über?« sagte Leifeldt, dem es wohlthat, gerade in diesem Augenblicke mit dem Fremden ein Gespräch zu beginnen.

»Noch nicht, aber es kann sich keinesfalls lange mehr halten,« erwiederte Don Guzman zuversichtlich — »man spricht zwar von einem Waffenstillstand, ich glaube jedoch, daß ihn die Unitarier nur verlangen, zu kapituliren.«

»Und giebt es sonst nichts Neues in Buenos-Ayres?« frug Mr. Newland dazwischen, den Argentiner auf ein anderes Kapitel zu bringen, und nicht etwa genöthigt zu sein, die fremde Intervention mit ihm zu erörtern — »keine neue Revolution, keinen Überfall von Indianern?«

»Nichts derartiges,« lachte Don Guzman, »Se. Excellenz, der Gouverneur, hält die Zügel der Regierung zu straff für dergleichen Versuche.«

»Aber die Indianer haben sich doch schon einige Mal gegen ihn in das Feld geworfen,« warf Leifeldt ein — »die einzelnen Gaucho-Hütten überfallen, ja selbst die Städte bedroht und sogar der Argentinischen Cavallerie Stand gehalten.«

»Ist allerdings vorgefallen,« meinte achselzuckend der Konsul, »jetzt aber sind sie ruhig, und die Grenzbewohner werden wohl nicht wieder von ihnen beunruhigt werden. Nein, aber etwas anderes hatte die Stadt in jener Zeit aufgeregt, und es scheint wirklich seit lange Nichts die Bewohner von Buenos-Ayres in solch Erstaunen versetzt zu haben, als die Flucht eines Tollen aus einer Irrenanstalt — die Blätter sprechen fast von nichts Anderem.«

»Die Flucht eines Tollen?« riefen fast Alle wie aus einem Munde, und Leifeldt, dessen Blick wie unwillkürlich Don Gaspar suchte, sah, wie dieser in völligstem Gleichmuth ruhig, aber kaum bemerkbar vor sich hin lächelte, und mit der Gabel spielte.

»Und hat man ihn nicht wieder bekommen?« frug ängstlich Jenny.

Don Gaspar biß sich auf die Lippen.

»Nein,« versicherte Don Guzman — »merkwürdiger Weise

ist er mit seinem Arzte, einem Schweden, Namens Stierna, entwichen, und obgleich man Anfangs alle Ursache hatte, zu vermuthen, Beide wären an Bord eines Schiffes gegangen, tauchte doch auch zu gleicher Zeit ein Gerücht auf, sie wären eine Strecke weit im Innern gesehen worden, und die Behörden, dadurch irre geleitet, scheinen ihre Spur bis jetzt noch nicht wieder aufgefunden zu haben.«

»Heiliger Gott,« sagte Jenny schaudernd und deckte sich dabei ihre Augen mit beiden Händen — »ich glaube, ich würde selber wahnsinnig, wenn ich einem solchen entflohenen Tollen einmal plötzlich begegnete und ihm nicht mehr entfliehen könnte.«

»Haben Sie noch nie einen Wahnsinnigen gesehen?« frug Don Guzman.

»Nie — und Gott bewahre mich auch dafür,« erwiederte das Mädchen, schon in dem Gedanken an solchen Fall zusammenbebend.

»Aber, liebes Kind,« sagte die Mutter — »es giebt auch viele Leute mit einem stillen Wahnsinn, denen man es gar nicht so sehr ansehen kann, und die haben gar nichts Fürchterliches — nur manchmal werden sie gefährlich, wenn ihnen der Rappel kommt. Bei uns im Haus wohnte einmal ein solcher, aber Du warst noch klein und kannst Dich wohl nicht mehr auf ihn besinnen — er sprang später einmal aus dem Fenster und brach den Hals.«

»Es giebt überhaupt wohl keine Krankheit, die in so verschiedenen Gestaltungen und Variationen auftritt, als gerade der Wahnsinn,« nahm hier Mr. Newland das Wort, und Leifeldt hob den Blick fast unwillkürlich zu dem Freund auf, der jedoch vollkommen ruhig, ja fast gleichgültig zu dem Sprechenden hinüberschaute — »von dem Rasenden,« fuhr Mr. Newland fort, »der in seine Ketten beißt und schäumt, können wir die Grade hinunterführen bis zu dem Misanthropen, und während der Eine selbst dem unerschrockensten Menschen, dem, der jeder anderen Gefahr lachend und muthig entgegen gehen würde, mit unnennbarem, unlöschbarem Entsetzen erfüllt, treffen wir den Andern gar nicht so selten in unserer eigenen Mitte und die Krankheit, die ein Zufall vielleicht zum hellen Ausbruch geführt, schläft in ihm, nur ihm selber fühlbar, bis zu seinem Tode. Ich bin überzeugt, wir kommen mit hunderten dieser Art zusammen, ohne den Wurm zu ahnen, der in ihnen schlummert und vielleicht nur eines zufälligen Funkens bedurft hätte, zu lichter Lohe emporzubrennen.«

»Um Gottes Willen, Väterchen,« bat da das schöne Mädchen — »sage doch nicht so Entsetzliches — es wäre ja gräßlich, in jedem stillen Menschen einen angehenden Wahnsinnigen fürchten zu müssen — lachen Sie doch Don Gaspar, lachen Sie doch Doktor, mir läuft es wahrhaftig schon jetzt eiskalt über den Körper, wenn ich Sie Alle so still und ernsthaft da sitzen sehe.«

»Señor Newland macht sich über uns lustig,« sagte aber der Spanier lächelnd, indem er sich zu der Jungfrau hinüber bog, »er will mich von neulich in meiner eigenen Münze bezahlen — es hat überhaupt einen eigenen Reiz, sich vor etwas zu fürchten, und von dem Kind an verläßt uns das Gefühl nicht, bis zum Greisenalter; aber Don Guzman erzählt uns vielleicht ein wenig ausführlicher, wie es mit der Flucht des Verrückten zugegangen — hahaha, ich fange wahrhaftig selber an, mich für den Mann zu interessiren — und hat den eigenen Arzt mitgenommen, he?« —

»Den Arzt der Anstalt selber,« bestätigte der Argentiner — »man begreift eigentlich gar nicht, wie es möglich war, aber der Tolle muß ihm jedenfalls Versprechungen gemacht haben, und der Doktor ist noch toller gewesen, sie ihm zu glauben.«

Don Gaspar lachte laut auf, und Leifeldt schaute einen Moment etwas verlegen vor sich nieder — es war ihm nicht lieb, daß Don Gaspar so gewissermaßen muthwillig die Gefahr, verrathen zu werden, herausforderte. Niemand konnte allerdings in diesem Augenblick einen Verdacht haben, daß sie selber die Flüchtigen wären, und sogar im schlimmsten Fall ihrer Entdeckung reichte doch Rosas Arm nicht bis hier herüber, seinen Gefangenen zurückzufordern;

nichts desto weniger brachte es sie in ein schlechtes Licht und — die Hauptsache — in das Gerede der Müßigen, weshalb also einen solchen Fall noch herausfordern.

»Aber in was bestand seine Tollheit?« frug jetzt der Spanier wieder, ohne den Blick des Freundes zu verstehen oder zu beachten, der ihn warnen wollte, zu weit zu gehen — »hat man nicht erfahren können, in welcher Art sie sich zeigte, daß selbst der Arzt darauf einging oder getäuscht werden konnte? und war der Mann überhaupt wahnsinnig?« — Er bog sich plötzlich vor und schaute den Konsul mit seinen großen dunklen Augen erwartungsvoll an — »man hat Beispiele, daß gesunde Menschen, ihrer etwas unbequemen Gegenwart enthoben zu sein, in solcher Art eingekerkert wurden und langsam und elend vergehen und verderben mußten.«

»Nein, nein,« rief Don Guzman rasch, »die Beweise lagen hier wohl zu klar auf der Hand. Vorher scheint irgend eine lange Geschichte gegangen zu sein, aus der man aber, den Zeitungen nach, nicht klug wird, nur so viel ist gewiß, daß der Kranke irgend einer hochgestellten Person — es ist nicht gesagt weshalb — nach dem Leben trachtete, auch schon in seiner Raserei viel Blut vergossen haben soll, so daß man allerdings nicht ohne Besorgnisse war, der Entflohene würde jenen wieder aufzufinden wissen.«

»Und diese hochgestellte Person?« frug Don Gaspar lauernd.

»Wurde nicht genannt,« erwiederte Don Guzman, »Sie wissen, daß die Zeitungen in Buenos-Ayres unter einer ziemlich strengen Censur stehen, und die Redakteure befassen sich nicht gern unnöthiger Weise mit wirklichen Namen, über die sie vielleicht einmal später könnten aufgefordert werden, Rechenschaft zu geben. Der des Entsprungenen soll Morelos gewesen sein.«

»Aber ich werde nun ernstlich böse, wenn Sie nicht die entsetzliche Unterhaltung schließen,« rief da endlich Jenny — »ist das ein Gespräch für ein Familienfest und wollen Sie mir denn mit Gewalt den Abend verderben?«

»Aber mein Fräulein —«

»Keine Einwendungen, Don Gaspar,« rief jedoch die junge Dame in halb scherzhaftem, aber auch entschiedenem Tone — »ich will gern eingestehen, daß ich eine furchtbare, vielleicht kindliche Angst vor einem Wesen habe, das ohne Geist — eine wandernde Leiche — umhergeht, ich kann nun einmal diesen Gedanken nicht los werden, und wer mir jetzt eine rechte Freude erweisen will, erzählt eine hübsche und muntere Geschichte, daß wir die trüben Schatten verscheuchen, die wirklich schon anfangen sich um uns zu sammeln.«

»Muntre Geschichten?« rief da Don Gaspar, rasch emporspringend, »da bin ich Ihr Mann — hol der Böse das Grillenfangen — wenn nicht der Humor manchmal dem Menschen zu Hülfe käme, es säh' schlecht in der Welt aus. — Aber der Ernst ist uns trotzdem dabei oft näher als wir denken, und der Tod schaut ins Fenster, wenn wir glauben die Sonne sei es.« —

»Aber Don Gaspar —«

»Ich kannte einen alten Musikus in Madrid — hahaha, ich muß jetzt noch lachen, wenn ich an den alten Burschen denke, und es sind lange, lange Jahre verflossen, seit sie ihn in sein letztes Bett hinaustrugen — der hatte einen unverwüstlichen Humor und eine Gabe zu erzählen, und das Erzählte mit Akkorden und kurzen Sätzen, Präludien und Nachspielen seiner Geige zu begleiten, daß man manchmal wahrhaftig gar nicht mehr wußte, ob er spielte oder erzählte, die Töne schienen mit zu sprechen, die Worte zu tönen und eine eigene barocke Manier, die er sich angewöhnt und mit der er das Producirte gewissermaßen von sich abstieß, riß seine Zuhörer, in ihrem wunderlichen Effekt nicht selten zum stürmischen Jubel hin. Als ich ihn das letzte Mal hörte, hatte er uns gerade eine Skizze seines eigenen Lebens erzählt, und während uns die Thränen aus den Augen liefen, denn er hatte genug erduldet für einen einzelnen Menschen, schrieen wir auch wieder vor Lachen; und wie er zuletzt mit dahineingreifenden tollen Akkorden schloß und dazwischen schrie und spielte, übertäubte das folgende Gelächter endlich jeden seiner Laute dermaßen, daß er wirklich stillschweigen mußte und eine Zeit lang ruhig sitzen blieb. — Als wir endlich wieder zu uns kamen und ihn bitten wollten, fortzufahren — war er todt. — Nein, Señorita — verlassen Sie uns nicht!« — rief er plötzlich, als Jenny eine Bewegung machte, als ob sie vom Tisch aufstehen wollte — »ich mache wieder gut, was ich gefehlt« — und aufspringend setzt er sich an das offene Clavier, auf dem er mit einem weichen Andante begann, die Töne aber mehr und mehr anschwellen ließ und endlich in einem wilden Allegro all die neckischen, englischen und irischen Melodien einflocht, die sie früher so oft mitsammen geübt und gesungen hatten.

Von dem Augenblick an war es auch, als ob ein ganz anderer Geist über die kleine Gesellschaft komme, Don Guzman, der noch einmal von dem entsprungenen Tollhäusler anfangen wollte, wurde gleich unterbrochen und in den Strudel eines anderen Gesprächs hineingerissen und vor Allen Don Gaspar hatte sich noch nie so liebenswürdig, ja förmlich ausgelassen gezeigt, als an diesem Abend. Er war unerschöpflich im Erfinden und Erzählen, und Jenny lachte und jubelte bald mit den Übrigen.

Es wurde spät und Don Gaspar selber mahnte mehrmals an den Aufbruch, Jenny aber bat immer wieder, nur noch ein ganz klein wenig zu bleiben, und des Spaniers Herz hätte müssen von Eisen sein, wenn er solcher Bitte widerstehen gekonnt.

Eigenthümlich war dabei das Benehmen Don Guzmans, der anfänglich, und zwar schon den ganzen Abend hindurch, Don Gaspar stets, wenn er sich besonders unbemerkt glaubte, aufmerksam fixirte und vorzüglich Leifeldt dadurch beunruhigte, der nicht mit Unrecht fürchtete, der Argentiner habe einen, wenn auch vielleicht noch vollkommen unbestimmten Verdacht gefaßt, der wohl noch durch das anfänglich wunderliche Betragen Don Gaspars verstärkt werden mochte. Wie aber die Laune desselben sich mehr und mehr den Abend hindurch entwickelte, schwand auch augenscheinlich dieses Gefühl, der sonst ziemlich ernste Argentiner wurde freundlich und zutraulich, und als der Wein erst die Köpfe ein wenig erwärmt hatte, war er mit dem Spanier so befreundet worden, daß er sich zu ihm setzte, und die beiden Männer lachten zusammen, daß ihnen die Thränen aus den Augen liefen.

Leifeldt wurde allerdings von der lebendiger werdenden Unterhaltung unwillkürlich mit fortgerissen, aber der einmal gefaßte Verdacht, daß Jenny nicht ihn selber, sondern den Freund liebe, verbitterte ihm nicht allein den Abend, sondern füllte sein Herz auch mit recht tiefem, schmerzlichem Weh. Er wußte es wohl, er hatte es sich schon in den letzten Wochen nicht mehr gut fortleugnen können, aber immer noch schien eine schwache Hoffnung ihn über Wasser gehalten zu haben, heute aber schwand auch diese, und Jennys ganzes Benehmen, jeder schüchterne Blick, wenn sie sich unbeobachtet glaubte — ihr Erröthen, ihr Erblassen in den Erzählungen seines eigenen Lebens, warfen ein furchtbares, aber nur zu treues Licht in seine Seele.

Mit diesem Bewußtsein faßte er nun aber auch den festen Entschluß, zu dem Freund zu sprechen — er wollte wissen, was der Spanier zu thun beabsichtige — er wollte seine Plane hören, denn nicht an ein leichtsinnig Spiel dieses Mannes sollte das Herz, das einstige Glück dieses Mädchens gebunden werden. Erst dieser Entschluß brachte aber auch seiner Seele wieder die volle Ruhe und jede Schwäche von sich abschüttelnd, fühlte er, wie er das schöne Mädchen wirklich aufrichtig genug liebe, ihr freudig das eigene Glück zum Opfer zu bringen und über ihr künftiges Leben mit treuer Freundes Sorgfalt zu wachen. So in sich selbst erstarkt, nahm er mehr und mehr an dem Gespräche Theil, und die alte Mrs. Newland, die ihn besonders in ihr Herz geschlossen, versicherte ihm noch, bevor sie Abschied nahmen, »daß es ihrer Seele wohl thäte, den guten Doktor auch einmal wieder so frisch und fröhlich bei sich zu sehen; — der Don Gaspar,« setzte sie dann in ihrer Gutmüthigkeit hinzu — »ist doch ein herrlicher Mensch, er bringt Leben und Bewegung in eine ganze Gesellschaft, nur ein Bischen zu toll treibt er's manchmal, und heute Abend besonders macht er doch die ausgelassensten

Streiche — segne seine Augen, ich bin ihm ordentlich gut.«

Don Guzman mahnte endlich zum Aufbruch — es war Mitternacht schon vorüber, und da die drei Männer ziemlich einen Weg hatten, verließen sie zusammen Mr. Newlands gastliches Dach und wanderten die stille, menschenleere Straße noch lachend und erzählend hinauf, während hinter ihnen die Wächter ihren scharfen Pfiff ertönen ließen[18] und die einsamen, stillen Häuserreihen allein den Ausbruch ihrer lauten Fröhlichkeit wiedertönten.

8.

Die Entdeckung.

»Aber wissen Sie, liebster Don Gaspar,« sagte endlich der Argentiner, als sie an einer der Querstraßen-Ecken, wo dieser von ihnen Abschied nehmen mußte, stehn geblieben waren, das begonnene Gespräch erst zu beenden — »wissen Sie, für was ich Sie heute Abend einmal eine ganze Weile gehalten habe?« —

»Nun, Señor?« lachte der Spanier — »doch nicht etwa für den Bösen selber, der sich in Menschengestalt einen kleinen Spaß mache und nach Seelen angele, doch nicht für den Feind?« —

»Nein,« sagte Don Guzman lachend. —

»Oder für einen spanischen Spion, der vom Mutterlande herüber geschickt wäre, sich der Colonien wieder zu versichern?«

»Auch nicht,« lautete die Antwort, »noch schlimmer« —

»Noch schlimmer als Teufel oder Spion?« lachte Don Gaspar, »das ist schmeichelhaft — und für was sonst noch?«

»Für den entsprungenen Tollen!« rief Don Guzman, und Alles, was er noch weiter sagen wollte, erstarb in dem schallenden, dröhnenden Gelächter des Spaniers, der sich gar nicht wieder zufrieden geben konnte. —

»Aber ich versichere Sie, bester Don Gaspar!« —

»Hahahahaha!« — donnerte das dröhnende Lachen dazwischen.

»Ich gebe Ihnen mein Ehrenwort, daß ich« —

»Hahahahaha!« —

Der Argentiner mußte zuletzt selber mit in das Lachen einstimmen, und anstatt dem Spanier den Grund solchen Verdachtes anzugeben, wie er es im Anfang beabsichtigt, jetzt nur auf seine Vertheidigung sinnen und sich entschuldigen, einen solchen Fehlgriff begangen zu haben. Eine kurze Weile plauderten dann die Männer noch mit einander, und wünschten sich dann eine gute Nacht, vorher aber lud Don Guzman die beiden Freunde noch auf das Herzlichste ein, ihn recht bald einmal ebenfalls zu besuchen, was sie ihm auch fest versprachen.

Don Guzman betrat gleich darauf sein Haus und Don Gaspar und Leifeldt wanderten dem ihrigen, beide jetzt still und schweigend, zu.

Leifeldt hatte überhaupt während der ganzen letzten, so laut und munter geführten Unterhaltung, nicht ein Wort gesprochen — es fing ihm an peinlich zu werden, ihre Flucht von Buenos-Ayres erwähnen zu hören, und wenn er auch für sich selber nicht die geringsten bösen Folgen zu fürchten brauchte, hätte er sich hier, in der Stadt zu jenem Fall bekannt, war ihm doch die ganze Sache fatal, und er begriff Don Gaspars Leichtsinn und Fröhlichkeit in dieser Hinsicht nicht. Auch sein falscher Name fing ihm an drückend zu werden und er wußte nur nicht jetzt, wie ihn abzuschütteln, ohne denen, an deren Meinung ihm etwas gelegen, in einem falschen Lichte zu erscheinen.

Zu diesem kam noch der Entschluß, der in seiner Seele kämpfte, Licht und Erklärung selber von dem Freund, die Geliebte betreffend, zu erhalten, ein Entschluß, gegen den er noch immer in seinem Innern ankämpfte, der sich ihm aber mit jeder Minute auch als immer dringender werdende Nothwendigkeit aufdrängte.

So erreichten sie ihre Wohnung, Jeder in seinen Gedanken vertieft und ohne auch nur eine Silbe weiter mit einander zu wechseln, und während Leifeldt mit untergeschlagenen Armen rasch in dem kleinen Gemach auf- und abging, hatte sich Don Gaspar in die eine Ecke des Sophas geworfen und starrte mit zusammengezogenen Brauen vor sich nieder.

Plötzlich blieb der junge Schwede vor dem Spanier stehen und sagte mit leiser, aber fester und entschiedener Stimme:

»Gaspar, ich habe etwas auf dem Herzen, das ich nicht länger mehr allein zu ertragen vermag, und es ist nöthig, daß wir uns darüber verständigen, oder ich gehe in der steten Aufreibung meiner Kräfte und Gedanken völlig zu Grunde.«

Don Gaspar erwiederte kein Wort, sondern schlug nur die großen dunklen Augen staunend und erwartungsvoll zu ihm auf und blieb ruhig und regungslos in seiner Stellung.

»Wie stehst Du zu Miß Newland?« fuhr da der Schwede noch leiser fast fort, und man sah, es hatte ihm schwere Überwindung gekostet, den Namen endlich auszusprechen.

»Miß Newland?« sagte aber Don Gaspar erstaunt, und ein eigenthümliches Lächeln zuckte und blitzte über seine, heute Abend ungewöhnlich bleichen Züge — »wie soll ich zu Miß Newland stehn? — höchst freundschaftlich, hoff' ich doch.«

»Eine Umgehung meiner Frage hilft Dir nichts mehr,« rief aber Leifeldt, durch die, wie er glaubte, angenommene und verstellte Gleichgültigkeit des Freundes mehr gereizt und in seinem Entschluß bestärkt, »Du kannst mich nicht glauben machen, daß Dir das schöne Mädchen gleichgültig sei — es

90

ist nicht möglich, daß Du blind gegen die Neigung wärest, die s i e für Dich empfindet.«

»Neigung f ü r m i c h?« rief aber jetzt der Spanier mit wirklichem Erstaunen und richtete sich auf seinem Sitz empor, »wie kommst Du zu dem tollen, abenteuerlichen Gedanken? — Wie kann das Mädchen eine Neigung für mich empfinden — — was kann sie m i r sein?« —

»Was sie D i r sein kann, Mensch?« — rief aber der Schwede jetzt durch die fast wegwerfenden Worte auf das tiefste erschüttert und empört, »was sie D i r sein kann? — Heiliger Gott im Himmel, mir hat es Herz und Seele zerrissen, nur den Gedanken zu fassen, sie aufzugeben, und doch würfe ich meiner Seele Heil selbst freudig in die Schaale, sie nur glücklich zu wissen, und Du, Du könntest sie darum an Dich gezogen haben, nur um sie gleichgültig wieder wie ein Spielwerk, das dem Kinde genügt, wie eine welke Blume bei Seite zu werfen, ja ohne vielleicht einmal Freude, ohne eine einzige Regung des Herzens bei der »Tändelei« gefühlt zu haben?« —

»Aber Federigo, Du faselst,« sagte der Spanier, und ein eignes eigenthümliches Lächeln zuckte plötzlich über seine Züge, — »oder ich verstehe Dich auch falsch — Du meinst doch nicht, daß mich das Mädchen liebt, und daß ich sie heirathen soll?« —

»Allerdings mein' ich das,« erwiederte der junge Schwede mit ernster, fast tonloser Stimme.

»Und soll ich mich hier hängen oder in's Zuchthaus sperren lassen?« frug Don Gaspar laut auflachend.

»Wie soll ich das verstehn? — weshalb?« —

»Aus sehr einfachem Grunde — wie viel Frauen kann ein Mann in diesen Südamerikanischen Republiken nehmen?« frug Don Gaspar und stellte sich, die Arme auf der Brust in einander geschlagen, den Kopf auf die linke Seite geneigt, mit einem komischen Spotte in den Zügen vor dem Schweden hin.

»Wie viel Frauen? — natürlich nur e i n e — b i s t Du denn aber schon verheirathet?« rief der Schwede in unverhehltem Erstaunen.

Eine wunderbare Veränderung ging bei dieser Frage in den Zügen des Spaniers vor — zuerst schoß ihm das Blut in Wange und Stirn, als ob es die Adern zu durchbrechen drohte, und im nächsten Augenblick ließ es ihm das Antlitz so weiß und kalt, daß die schwarzen großen Augen unheimlich und wild unter der todtenbleichen Stirn hervorglühten; dann strich er sich ein paar Mal mit der flachen Hand über die Stirn, und es war fast, als ob er gegen ein in ihm erwachendes, aufdrängendes Gefühl stark und gewaltsam anzukämpfen suchte, — er schien auch des Freundes Frage ganz überhört zu haben, gab wenigstens keine Antwort, und erst, als dieser dieselbe wiederholte, lachte er plötzlich still vor sich hin und sagte, die Hand auf des Arztes Schulter legend, leise und zutraulich —

»Versteht sich, Freundchen, versteht sich — aber — man spricht nicht gern davon. Eine Frau ist ein liebenswürdiger Gegenstand zu Hause, doch höchst unbequem auf der Reise, und — man läßt sie deshalb lieber, wo sie am liebsten ist.«

»Aber wie ist mir denn, in des Himmels Namen,« rief der junge Arzt verstört, »hast Du mir denn nicht früher gesagt —?«

»Pst, Freund,« flüsterte der Spanier und lauschte nach dem Nachbarzimmer hinüber, als ob er fürchte, von dort behorcht zu werden, »ich will Dir die ganze Geschichte mit wenigen Worten erzählen, — es ist freilich schon spät, aber wir sind Beide jetzt zu aufgeregt, schlafen zu können und — heute ist so gut eine Zeit dafür, wie jede andere.« — Und seine Hand ergreifend, führte er ihn zum Sopha und begann, sich an seiner Seite niederlassend, auch rasch und ohne weitere Vorrede dem staunenden Freund sein bisher so sorgfältig verschlossen gehaltenes Innere zu öffnen.

»Wenn ich nicht irre,« sagte er, und strich sich dabei sinnend mit der linken Hand die Stirn, — »habe ich schon früher einmal angefangen, Dir einen Theil meiner

Lebensgeschichte zu erzählen — wir wurden damals unterbrochen, ich habe vergessen durch was, — Du weißt jedenfalls, daß mein Bruder damals statt meiner von Rosas Henkern ermordet oder gerichtet wurde.« —

»Dein Bruder? — also doch?« — rief der Arzt schaudernd.

»Also doch?« wiederholte Don Gaspar, »allerdings; Du hättest dabei sein sollen,« fuhr er plötzlich lebhafter fort, und die Hand deutete, dem stieren Blick folgend, in die Ecke des Zimmers — »Du hättest dabei sein sollen, wie sie den Mantel zurückschlugen, unter dem die Leiche lag, und ich in den starren, blutigen Zügen den Bruder erkannte, den ich seit meinem zwölften Jahre nicht gesehen, und jetzt so — so — für mich geschlachtet, wiederfinden sollte. — Du hättest dabei sein sollen, wie sie aufschrieen, als sie dasselbe Gesicht lebend zwischen sich sahen, das entstellt, entseelt vor ihnen im Schmutz der Straße lag — hahahaha, ich müßte jetzt noch lachen, wenn mir nicht eben das Blut in den Adern erstarrte.« —

Er schwieg erschöpft still, stützte die Stirn viele Minuten lang in beide Hände, und fuhr dann, während ihn Leifeldt mit ernstem, mitleidigem Blick betrachtete, leiser noch und langsamer fort:

»So lag ich — ich weiß nicht wie lange, auf der Straße, unter dem blutigen Tuch, und erst gegen Abend trugen sie mich hinaus und begruben mich — ich glaube aus besonderer Rücksicht — unter einem alten Ombubaum an der Boka.« —

»Dich?« rief Leifeldt überrascht — »Deinen Bruder!«

»Mein Bruder? — ja ich weiß nicht, was mit dem gleich wurde — ich hatte damals zu viel für mich selbst zu denken,« murmelte der Unglückliche mit halblauter Stimme und fast nur wie mit sich selber redend — »aber da ich die beiden Argentiner ermordet hatte (und wir Beiden uns so entsetzlich ähnlich sahen), doch aber nun leider einmal todt war, so begruben sie mich auch eben, und das Einzige, was ich mir bis jetzt noch immer nicht so recht erklären kann,«

fuhr er, den Finger wie überlegend an die Nase bringend, fort — »ist, daß ich nachher — aber ich weiß nicht mehr wie lange — Trauer anlegte in der Stadt und zu meinen Schwiegereltern ging, ihnen die schmerzliche Nachricht von dem Tod meines Bruders, der sich thörichter Weise in ein Duell mit zwei Argentinern eingeladen, mitzutheilen. Ich erinnere mich noch« — setzte er unheimlich lächelnd hinzu, — »wie toll sich meine Frau damals gebehrdete — wie sie mich von sich stieß und ein alter Mann mir den Eingang verwehren wollte — ich warf den alten Mann damals aus dem Fenster und ich glaube, er hat den Hals gebrochen, ich habe ihn wenigstens niemals wiedergesehn, aber auch einen Fremden fand ich bei ihr im Hause — wahrhaftig, einen der Burschen, die ich auf der Straße todtgestochen — und die Teufel schrien mir zu, das sei ihr Mann. — Ich wollte ihm um den Hals fallen — hahahahaha — aber sie litten es nicht — eine Menge Menschen kamen dazwischen, und ich glaube — ich glaube, ich ging wieder nachher hinaus unter den Ombubaum, aber das Alles liegt mir jetzt nur noch, einem Chaos gleich, im Gedächtniß.«

»Die Bilder davon schwimmen zusammen, steigen oft zu riesigen Bergmassen auf, daß ich fürchten muß, sie würden mich unter ihrer Last zusammenpressen, und schwinden dann wieder zusammen, daß das Auge den winzigen, blitzschnell kreisenden, schwingenden Dingen kaum zu folgen vermag.«

Er schwieg einen Augenblick und die Stirn in den, auf den Tisch gestützten Arm werfend, lehnte er wohl eine halbe Minute regungslos da und schien die wild heraufbeschworenen Bilder seiner Phantasie zurückdrängen zu wollen in ihr altes, ruhiges Bett. Leifeldt aber saß mit sträubendem Haar und peinvoll schlagendem Herzen neben dem Freund — das Blut schien seine Adern, das Leben seine Glieder verlassen zu haben, und nur den stieren Blick auf die zusammengebrochene Gestalt des Unglücklichen gebannt, hellte sich zum ersten Mal seinem Auge der wirkliche Zustand des Mannes, den er selber wieder in das Leben eingeführt, und die furchtbare Gewißheit, einem Wahnsinnigen gegenüber zu stehen, trieb ihm das Blut in rasenden Schlägen zum schreckerfüllten Herz zurück.

Don Gaspar sah aber nicht den auf ihm haftenden Blick des Entsetzens, ja er schien die Nähe einer anderen Person fast ganz vergessen zu haben und fuhr nur, wie zu sich selber sprechend, leise fort:

»Es war nicht hübsch von Constancia — ein falscher — falscher Name — es war nicht hübsch von ihr, mich so bald zu vergessen, aber wart Bursche, wart — Du hast ihr trügerische Geschichten in's Ohr geraunt, meine Briefe unterschlagen, meine Existenz verleugnet — hast sie fortgeschleppt in die Fremde und mich selber in Ketten und Banden geworfen und Dein alter Name, Don Luis de Gomez schützte Dich in der Zeit in Deiner Verrätherei, aber jetzt — hahahaha — bin ich frei, frei, frei« — und er sprang empor bei den Worten und seine Augen blitzten und funkelten in wildem wahnsinnigen Feuer — »frei wie der Tiger, der in dem dunklen Waldesschatten seiner Beute geduldig, aber mit wilder Gier entgegenharrt — frei wie der« — er schwieg plötzlich, denn sein Blick fiel in dem Moment auf das stiere, blaue Auge des jungen Schweden, das ihn fest und entsetzt fixirte, und als ob der Blick eine förmlich magische Gewalt über ihn ausgeübt habe, sank er still wieder in sich selbst zusammen und schaute erst vor sich nieder und dann empor und umher, wie ein Mann, der plötzlich aus einem schweren Traum erwacht, und sich wachend müht, die eben geschauten Bilder zu halten und dem lebendig gewordenen Auge zu bewahren.

»Ich darf keinen Wein mehr Abends trinken,« sagte er plötzlich aufstehend, und mit beiden Händen gegen seine Schläfe gepreßt, im Zimmer auf- und abgehend — »er bekommt mir nicht, und macht mir das Blut schwer und unbändig — nicht wahr, es ist spät, Federigo?« —

Er hatte diese Worte gesprochen, ohne dem Blick des Freundes auch nur in einem Moment wieder zu begegnen, und das Auge des Arztes war ihm in stummen Staunen durch den Raum auf und ab gefolgt; aber zu plötzlich, zu unerwartet kam diese Änderung des eben noch so furchtbaren Zustandes — der Übergang fehlte zwischen den beiden Extremen und Leifeldt, sich selber kaum bewußt, was er sagte, flüsterte nur halblaut:

»Constancia!«

Der Name wirkte mit Blitzesschnelle auf den Spanier — er blieb stehn, sah den Freund rasch und forschend an, und sagte dann lächelnd:

»Constancia? — wie kommst Du auf den Namen?«

»Und nanntest Du ihn nicht selber?« frug der Schwede.

»Ich?« — rief Don Gaspar, jedenfalls mehr erschreckt als erstaunt, »ich hätte den Namen genannt? — und doch, ja — es ist möglich; — das sind ja die alten wunderlichen Ideen, die sie mir in Buenos-Ayres andichten wollten, und so lange haben sie mir den Unsinn vorerzählt, bis ich beinah dazu getrieben gewesen wäre, jene Wahnsinn herausfordernden Gedanken auch selber zu glauben. — Aber es ist spät, Federigo, wir wollen morgen wieder früh aufstehn, und da taugt das lange Schwärmen nichts gute Nacht, Federigo, gute Nacht,« — und das eine Licht, das noch unangezündet auf dem Tische stand, an dem anderen entzündend, reichte er dem Freunde, wie er das alle Abend that, die Hand, und verließ dann langsam das Zimmer — aber er vermied seinen Blick — er wandte den Kopf nicht wieder um, als er ging.

9.

Entschlüsse und Pläne.

Der junge Arzt stand wie in den Boden gewurzelt, den stieren Blick noch immer auf die Thür geheftet, als schon jener das Zimmer lange, lange verlassen, und es bedurfte einer geraumen Zeit, ehe er sich nur selbst genug zu fassen wußte, alles das zu begreifen, was in der letzten Stunde mit ihm vorgegangen; erst dann aber war es, daß er das ganze Entsetzliche seiner Lage begriff, und sich, vernichtet, in einen Stuhl werfend, barg er das Antlitz in den Händen und schluchzte laut.

Was ihm, ein dunkler, furchtbarer Verdacht, nur manchmal wie das kalte Wetterleuchten einer Schneenacht durch die Seele gezuckt — was ihm selbst dann, wo er den Gedanken von sich warf in wilder Hast, in den wenigen Momenten das Herz mit Furcht und Entsetzen erfüllte — es war Wahrheit geworden, und mit flammenden Buchstaben stand es vor seinem inneren Auge, was er mit leichtgläubigem, thörichtem Herzen gethan.

Einem Wahnsinnigen hatte er zur Flucht aus dem Krankenhaus geholfen — einen Wahnsinnigen eingeführt in den stillen Familienkreis der Freunde, und Jenny — heiliger Gott und Erbarmer — Jenny war elend geworden durch ihn, durch ihn, der sein Leben mit Freuden hinausgeworfen hätte, ihr eines Jahres Glück dafür zu kaufen.

Er verbrachte die ganze Nacht damit, im Zimmer auf und ab zu gehen und Pläne zu ersinnen, all dem Unheil vorzubeugen, das er selber muthwillig heraufbeschworen — Pläne, die er wieder verwarf, wie sie kaum in ihm aufgestiegen und er fürchtete selbst den anbrechenden Tag, der vielleicht schon die Entwickelung des Entsetzlichen mit sich bringen konnte.

Was sollte er thun, wie dem tödtlichen Pfeile wehren, der, einmal der Sehne entflogen, in wilder Flucht seinem Ziele entgegenstrebte? — Sich selber den Gerichten entdecken? bekennen, was er mitleidigen und selbst getäuschten Herzens gethan und den Wahnsinnigen wieder in die Gewalt einer Anstalt liefern? es war das Einzige, was ihm, so viel er sinnen mochte, vernünftiger Weise zu thun übrig blieb, und doch sträubte sich immer und immer wieder sein

Herz gegen solche Maaßregel der Gewalt, die den Unglücklichen, mit dem er nun einmal Freud und Leid so lange Monate getheilt, auf's Neue in die Mauern eines Kerkers, vielleicht in die alten Räume zurückwerfen mußte, und hatte er da nicht die Gewißheit, das endlich im furchtbarsten Maaße zu werden, was jetzt doch noch möglicher Weise durch treue Freundeshand geheilt, oder wenigstens gemildert werden konnte? —

Und Jenny — mußte ihr nicht das Herz brechen, wenn sie den Geliebten — G e l i e b t e n ? einen Wahnsinnigen — arme, arme Jenny.

Er wollte fliehen, aber war nicht gerade jetzt seine Gegenwart es allein, die noch vielleicht Unglück und Verderben von bedrohten, l i e b e n Häusern abwehren konnte? er wollte hin zu Newlands, und sie von dem Schrecklichen in Kenntniß setzen, und fürchtete doch auch wieder den Augenblick, wo er dem Mädchen gegenüber die Schreckensworte aussprechen sollte.

Ihm schwindelte zuletzt von all den Gedanken; die ihm Hirn und Seele folterten, und zum Tode erschöpft, warf er sich endlich auf sein Lager — seine Angst, sein Weh fortzuträumen in tollen Bildern.

Als er am nächsten Morgen erwachte, stand Don Gaspar an seinem Bett, und noch ehe er sich die Vorgänge des letzten Abends ins Gedächtniß zurückrufen konnte — und nur die dunkle Erinnerung daran lag noch, eine Last, auf seiner Seele — bat ihn der Spanier mit vollkommen unbefangener, ruhiger Stimme, aufzustehen und sich anzuziehen — das Wetter sei wundervoll und sie wollten einen Spatziergang mitsammen machen. Fast mechanisch gehorchte er, so oft er aber auch versuchte dem Blick des Unglücklichen zu begegnen, so oft mißlang ihm das, und Don Gaspar trat zuletzt an das Fenster, und schaute, an den Scheiben trommelnd, hinaus, bis jener seine Toilette beendet hatte und ihm auf die Straße folgen konnte.

Auch dort waren sie schon eine lange Strecke neben einander hingeschritten, ehe Einer von ihnen auch nur ein

Wort gesprochen hätte — sie schienen sich Beide vor einem Beginn zu fürchten, und so stutzig Leifeldt im Anfang über das vollkommen gefaßte, stille Benehmen des Mannes gewesen sein mochte, bei dem er die Raserei wieder voll ausgebrochen glaubte, so blieb es doch auch keinem Zweifel unterworfen, daß der Spanier sich dessen, was er gestern getrieben, wenigstens halb bewußt sein mußte. Sein ganzes, scheues Benehmen sprach ihn schuldig und Leifeldt wußte nur nicht, ob ihm der ganze vergangene Abend klar im Gedächtniß liege, mit all den Einzelheiten dessen, was er gethan und gesprochen, oder ob nur eine wilde, unbestimmte Ahnung begonnenen Unheils in ihm gähre und arbeite, und er jetzt darauf hoffe, durch den Freund von selbst und ohne weiter darauf einzugehen, die nöthige Aufklärung und Beruhigung; oder — Bestätigung des unbestimmt Gefürchteten — zu bekommen.

Leifeldt schwieg aber ebenfalls; er konnte sich nicht dazu zwingen, jetzt, mit all dem Vergangenen noch frisch, als sei es vor wenigen Minuten geschehen, im Gedächtniß, eine gleichgültige Unterhaltung zu beginnen, und er fürchtete den offenen Schaden zu berühren, der im Bereiche seiner Hand lag.

Don Gaspar konnte endlich dies peinlich werdende Schweigen nicht länger ertragen und sagte, ohne jedoch zu seinem Begleiter aufzuschauen, mit leiser, kaum hörbarer Stimme:

»Ich darf keinen Wein mehr Abends trinken, Federigo — er bekommt mir jedesmal schlecht, und ich fühle mich aufgeregt und erhitzt nach dem Genuß.«

»Hast Du gestern so viel Wein getrunken?« frug Leifeldt rasch zu ihm aufschauend — eine neue Hoffnung öffnete ihm hier die Bahn — hätte der Wein allein die Schuld getragen, und war es möglich, daß wirklich das starke, ungewohnte Getränk eine solche Aufregung hervorgerufen?

»Viel gerade nicht,« entgegnete der Spanier unruhig, »aber der Wein, den diese Engländer trinken, ist schwer und feurig, er wird in den Adern zu glühender Lava, und treibt das Blut kochend in das Hirn hinauf — ich darf keinen Wein wieder trinken.«

»Er hat Dich sehr angegriffen,« sagte Leifeldt.

Don Gaspar warf ihm einen scheuen Seitenblick zu, und erwiederte mit einem verlegenen Lächeln:

»Es ist das mein alter Fehler, und diente einst zum Vorwand für meine Argentinischen Feinde, mich in Banden zu legen; aber die ganze spanische Nation ist mäßig — Du wirst selten, oder nie einen Betrunkenen unter ihnen sehen, und kleine Quantitäten bewirken dann auch oft bei dem sonst Nüchternen, was zehnfache Massen nicht bei mehr abgehärteten Naturen zu Stande brächten.«

»Und w e i ß t Du, was Du gestern Abend gesprochen und getrieben?« sagte Leifeldt, stehen bleibend und ihn aufmerksam betrachtend.

»Unsinn, wahrscheinlich,« lächelte der Spanier, indem er langsam weiter schritt — »blanken Unsinn, wie ich es oft und oft in fieberhafter Aufregung gethan; ein Wunder wär's nicht, wenn ich zuletzt die tollen Märchen selber glaubte, die sie mir wieder und immer wieder vorerzählt, und mich haben zwingen wollen, dem beizustimmen — mit einiger Ausdauer könnte man, glaub ich, dem besten Menschen zuletzt einreden, er habe seine eigene Mutter erschlagen — was habe ich denn gesprochen?«

Die letzten Worte klangen wieder so leise und lauernd, daß Leifeldt aufs Neue stutzig wurde, und den Freund mißtrauisch betrachtete, es lag mehr wie eine unschuldig hingeworfene Erkundigung in der Frage, und er konnte sich nicht helfen, der Verdacht hatte einmal Wurzel geschlagen, er war nicht mehr im Stande ihn so rasch wieder aus dem Herzen zu reißen. Den Kranken deshalb nicht noch mehr zu beunruhigen, oder gar mißtrauisch zu machen, ehe er sich wirklich von dem Gegründetsein seines Verdachtes überzeugt habe, sagte er gleichgültig — und er mußte sich gar gewaltsam zusammen nehmen, seine Fassung zu behaupten: —

»O, nichts Besonderes — die alte Geschichte, nur mit so furchtbarer Wahrheit erzählt, daß dem Hörer das Mark in den Röhren schauderte — Gaspar, Du wärest im Stande, Einen selbst zum Wahnsinn zu treiben.«

Don Gaspar seufzte hoch auf und meinte lächelnd, während er des Freundes Arm ergriff und mit ihm nach dem Inneren der Stadt zurückdrehte: —

»Tolle Geschichten — tolle Geschichten, und Gott sei Dank, daß ich wieder des Himmels freie Luft athme, hier hat das keine Gefahr, daß solche Gedanken überhand nehmen und uns verderben, aber in dem engen Gemäuer fallen sie wie Tropfen häßlichen Giftes ins Ohr und tödten unsere Gedanken im Keime — freie Luft — freie Luft!«

Mit einem inneren Schauder kämpfend, der ihn wohl in der Erinnerung an das Ertragene beschleichen mochte, schritt er rasch neben dem Freunde her, und erst in der Stadt selber schien sich die Wolke zu verziehen, die vor seiner Seele gelagert. Er wurde gesprächiger, heiterer, und ehe eine halbe Stunde vergangen, lachte und erzählte er wieder wie früher.

Anders war es mit dem jungen Schweden. Im Anfang — von den Gräuelthaten umgeben, die Rosas wirklich verübte oder deren er wenigstens beschuldigt wurde — durch sein gutes Herz getäuscht, konnte er in dem angekündigten Kranken, in dem er selber nie auffallende Zeichen wirklicher Geisteszerrüttung beobachtet, wohl einen unschuldig Eingekerkerten glauben, und einmal auf diese Spur gebracht, ist es erklärlich, daß er trotz den oft wilden excentrischen Streichen des Freundes so wenig daran dachte, in ihm einen Tollen zu sehen, als wir bei den Menschen, mit denen wir täglich verkehren, sie mögen sich so wunderlich betragen wie sie wollen, gleich so Entsetzliches vermuthen. Einmal aber solcher Art der Verdacht geweckt, und jede Bewegung des jetzt sorgfältig, wenn auch heimlich Beobachteten, gab Stoff zu neuen Bestätigungen.

So sehr er sich aber nun auch fürchtete, Newlands die

furchtbare Nachricht zu bringen, so wußte er doch nur zu gut, daß sie von der Gefahr benachrichtigt werden mußten; nur er selber wollte der Überbringer solcher Botschaft nicht sein, und nach einigem Zögern entschloß er sich, den Argentinischen Konsul aufzusuchen, und diesem die ganze Thatsache, unbeschönigt, unverändert mitzutheilen. Er war sich keiner unedlen Handlung dabei bewußt, und besser jetzt aufrichtig den Fehler gestanden, und den Rath eines erfahrenen Mannes dabei zur Seite gehabt, als dann die furchtbaren Folgen thörichten Schweigens zu spät zu bereuen.

Unter dem Vorwand, einige Patienten besuchen zu müssen, machte er sich von Don Gaspar los, und ging langsam die Almendral hinauf. Der Kopf war ihm wüst, das Herz schwer — er fühlte sich recht, recht unglücklich. Manchmal zwar tauchte auch der Gedanke in ihm auf, jetzt ja den Nebenbuhler zu verlieren, und der kleine Teufel, der in unser Aller Seelen wohnt und wühlt und arbeitet, und dem Herzen des Menschen die Ruhe nimmt, wollte ihm lockende Bilder vormalen, daß ihm nun bald kein Hinderniß mehr im Wege stehn, ja daß Jenny ihm den Frieden ihres Lebens danken würde, wenn er sie von der furchtbaren Gefahr befreie, der sie fast als Opfer gefallen. Aber solche Träume dauerten nicht lange, der Versucher wich, die kalte Vernunft errang sich nur zu bald wieder den Sieg, und er fühlte dann, daß er Jenny wohl vor der Gefahr warnen und bewahren, ihr Herz aber ihm nie und nimmer zuwenden könne — diese Entdeckung vermochte nie ihn glücklich, aber Jenny wohl recht bald elend zu machen.

Wenn Leifeldt übrigens glaubte, den Kranken durch seinen Vorwand, Patienten besuchen zu müssen, getäuscht zu haben, so hatte er sich weit geirrt. Mißtrauisch, wie alle derartige Kranke sind, und mit einer gewissen Schlauheit, die überhaupt den Zustand des Spaniers charakterisirte, hatte Don Gaspar schon an dem Morgen, durch das ganze Betragen Leifeldts nur noch mehr und mehr darin bestärkt, Verdacht geschöpft, der Arzt a h n e seinen wirklichen Zustand, und mit dem Verdacht wuchs natürlich auch die Furcht, daß er ihn verrathen, und an seine Feinde wieder ausliefern würde — eine Furcht, die zur Gewißheit wurde, als er den Schweden seine Richtung gerade zu nach der Wohnung des Argentinischen Konsuls nehmen sah, wohin er ihm vorsichtig in der Entfernung gefolgt war.

Das Herz schlug ihm wild und stürmisch in der Brust, und unter seinem Poncho das Heft des Messers ergreifend, das er heute zum ersten Mal wieder zu sich gesteckt, schien der erste in ihm aufsteigende Gedanke, dem er auch augenblicklich nachgab, d e r zu sein, dem Verräther zu folgen und beide Mitwissende seines furchtbaren Geheimnisses unschädlich zu machen. —

Die Hausthür fand er noch angelehnt, und statt zu pochen, wie es in den südlichen Ländern, selbst an den offenen Thüren Sitte ist, trat er rasch hinein und wollte eben die Treppe hinauf springen, als er von oben nieder fremde Stimmen hörte, und dem ersten Impuls folgend in ein offen stehendes Seitenzimmer, dessen Thür er rasch hinter sich anzog, hineinglitt.

Die Unterhaltung der Heruntersteigenden wurde laut geführt und Don Gaspar schien ungeduldig ihre Entfernung zu erwarten, als plötzlich ein Name draußen wie ein jäher Schlag durch seine Glieder zuckte, und er in gespanntester Aufmerksamkeit, alles Andere um sich her vergessend, an der Thüre lauschte, kein Wort von dem draußen gesprochenen zu verlieren.

»Don Luis de Gomez,« sagte die eine Stimme, die einem älteren Manne anzugehören schien, »hat sonst weiter keine Befehle hinterlassen, Amigo?«

»Keine daß ich wüßte,« entgegnete die andere — »sorgt nur dafür, daß seine Zimmer in Guillota bereit sind, denn ich glaube kaum, daß er sich länger als zwei Tage in Valparaiso aufhalten wird.«

Die beiden Männer standen jetzt unten vor der Thür, hinter welcher der Spanier, sein Ohr gegen das dünne Holz gepreßt, lauerte, und der erstere meinte wieder: —

»Die Señora wird wohl nicht so rasch wieder fort wollen — Reisen greift an und ein paar Rasttage sind manchmal nöthig.«

»Das weiß ich nicht und geht mich nichts an,« brummte der Andere — »Weiberlaunen sind wunderliche Dinge und wenn's ihr in den Kopf kommt, bleibt sie vielleicht den ganzen Sommer hier, mag Don Gomez dagegen sagen was er will. — Wer war denn der junge Mann, der eben zu Don Guzman ging? — Den habe ich doch noch nicht hier gesehen.«

»Ein deutscher Doktor, glaub' ich, der sich hier aufhält,«

lautete die Antwort — »aber ich wollte, wir könnten gehen, weßhalb mögen wir denn hier noch warten sollen?«

»Blitz noch einmal, wie der Señor erschrak, als er Don Luis Namen hörte,« sagte der Jüngere wieder, »und hast Du nicht bemerkt, wie er meinem Herrn etwas ins Ohr flüsterte? — ich glaube wahrhaftig, es ist deßhalb, daß wir warten müssen, denn da wird schon wieder geklingelt oben — bleibe einen Augenblick, Compañero, ich bin gleich wieder bei Dir« — und mit flüchtigen Sätzen sprang er die Treppe hinauf, dem Ruf Folge zu leisten, während der Alte, die Hände auf dem Rücken unter seinem kurzen blauen Poncho gekreuzt, auf- und abging und ungeduldig die Rückkehr des Kameraden zu erwarten schien.

Es dauerte etwa fünf Minuten, bis dessen Schritte wieder auf der Treppe gehört wurden — dem Lauschenden dünkte die Zeit indessen eine Ewigkeit — als er aber wieder herunter kam, flüsterte er rasch und heimlich dem Andern zu:

»Hallo, Compañero — was Neues im Wind — die Señora wird gar nicht in der Stadt bleiben, sondern gleich durch, nach Guillota fahren — der deutsche Doktor hatte unendlich viel zu erzählen.«

»*Caramba*, was ist da wieder passirt!« rief der Alte, »woher denn wieder die Gegenordre?«

»Soll mich ein Norder mit meinem Boot in der Bai erwischen, wenn ich daraus klug werde,« brummte der Erste — »der Doktor steckt übrigens dahinter, so viel ist sicher, nur konnte ich nicht herausbekommen, was sie eigentlich mit einander hatten. — Aber komm, wir haben wahrhaftig keine Zeit zu verlieren, denn wenn die Herrschaften heute Morgen noch wirklich eintreffen, möchten wir wenig Stunden zu Vorbereitungen übrig behalten. — So viel ist übrigens gewiß, Amigo —« und die Stimmen wurden hier undeutlich, als die beiden Männer vor die Thür traten, und diese hinter sich in das Schloß drückten.

Wenige Minuten später stand Don Gaspar auf der Stelle, die jene eben verlassen, und für Momente schien er unschlüssig, wohin er sich wenden solle, die Treppe hinauf, seinem ersten Plan zu folgen, oder das Haus verlassen, dem nach zu handeln, was er eben gehört. Das Letztere schien zuletzt den Sieg davon zu tragen — er horchte noch einen Augenblick gegen die Treppe hin, ob er keine Stimmen unterscheiden konnte, als sich aber dort gleich darauf eine Thür öffnete und irgend eine fremde Stimme laut wurde, öffnete er rasch von innen die Hausthür und verschwand gleich darauf ins Freie und in der belebten Straße.

Leifeldt indessen, der keine Ahnung davon hatte, daß gerade Don Gaspar, der »entsprungene Wahnsinnige,« ihm gefolgt war und auf ihn gelauert habe, ja daß dieser nur vermuthen konnte, welchen Weg er eingeschlagen, nannte kaum den wirklichen Namen des Spaniers, als Don Guzman auch entsetzt von seinem Stuhle aufsprang und mit wahrhaft peinlicher Spannung der kurz gefaßten Erzählung des jungen Schweden lauschte. Rasch theilte er diesem nun auch die baldige Ankunft Don Luis de Gomez mit, der, wie die Sache jetzt stand, in der That der größten Gefahr ausgesetzt war, von dem Unglücklichen angefallen zu werden, und rieth — nachdem er den Diener wieder heraufgerufen und seine Befehle dahin geändert hatte, die Señora selber wenigstens jeder Unannehmlichkeit aus dem Wege zu führen — dem jungen Arzt, augenblicklich mit ihm auf die Polizei zu gehen, und dort Hülfe zu bekommen, sich des Wahnsinnigen wieder zu bemächtigen, den man ja dann, um wo möglich jedes Aufsehen zu vermeiden, einfach auf seinem Zimmer überraschen und gefangen nehmen konnte.

Dagegen sträubte sich Leifeldt aber auf das Entschiedenste, denn er selber wollte nicht an dem Mann, den er einmal aus seinem Kerker geholfen und dessen Freund er geworden, zum Verräther werden, nur Hülfe verlangte er, bei wirklich wieder ausbrechender Raserei — denn es war ja doch möglich, daß die ganze Krankheit des Unglücklichen einfach und allein in eine harmlose Schwermuth ausgeartet sei — jedes Unglück zu vermeiden, und die nahe Ankunft des einzigen Menschen, der auf den Kranken einen wirklich gefährlichen Einfluß auszuüben schien, mußte jedenfalls diese Katastrophe beschleunigen. Erwachte dann in dem Hirn des Spaniers der alte wilde Grimm auf's Neue, brach sich die Krankheit wieder Luft, dann erbot sich Leifeldt selber mit Hand anzulegen, sich des Unglücklichen wieder zu bemächtigen — nur bis dahin verlangte er Nachsicht, und ersuchte zu dem Zweck Don Guzman, ihm einen passenden Mann zu empfehlen, den er möglicher Weise Don Gaspar als seinen Freund vorstellen und in seiner Nähe halten konnte, im entscheidenden Augenblick kräftige Hülfe zu haben.

Don Guzman war mit dem Plan gar nicht einverstanden, erklärte auch dem jungen Arzte rund heraus, er könne sein Betragen, der Argentinischen Regierung gegenüber, als deren Konsul, keineswegs billigen, und nur der Name seines Freundes, Don Luis de Gomez, halte ihn zurück, die ganze Sache ohne Weiteres den chilenischen Gerichten zu übergeben, er fürchte aber dadurch mehr Aufsehen zu erregen, als Don Luis vielleicht lieb sein würde, aber es verstehe sich von selbst, daß jener gefährliche Mensch, dessen getheilte Flucht dem Arzt selber noch theuer zu stehen kommen könne, wenn er jetzt nicht auch aus allen Kräften dazu beitrage, den Fehler wieder gut zu machen, ohne weiteres wieder eingezogen und unschädlich gemacht werden müßte.

»Señor,« sagte Leifeldt da ruhig — »ich habe Sie aufgesucht und vertrauensvoll zum Mitwisser meines Geheimnisses gemacht, dem Unglücklichen noch die Möglichkeit zu geben, seine Freiheit zu behalten, wenn es sich wirklich ausweist, daß er nicht gefährlich ist; im anderen Fall hätt' ich mich gleich an die Polizei selber gewandt. — Versagen Sie mir die Hülfe, dann bedauere ich aber auch, Sie umsonst bemüht zu haben, denn seien Sie versichert, daß Sie in dem Fall, in Zeit einer Stunde weder mich noch Don Gaspar mehr in Valparaiso finden werden, und alle Folgen kommen über Ihr Haupt.«

Don Guzman war in peinlicher Verlegenheit, und ging wohl zehn Minuten mit untergeschlagenen Armen und raschen Schritten im Zimmer auf und nieder; über die

Scrupel einer vertraulichen Mittheilung hätte er sich schon hinweggesetzt, mußte er nicht fürchten, daß der Schwede seine Drohung wahr mache, und dem Spanier zum zweiten Mal zur Flucht behülflich wäre. List allein konnte ihm hier helfen.

»Gut, Señor,« sagte er nach einer ziemlich langen Pause, nach der er mit verschränkten Armen vor dem jungen Arzte stehen blieb — »ich gehe auf Ihren Vorschlag ein, und habe auch einen passenden Mann, einen wirklichen Caballero von Riesenstärke und mir eng befreundet, der mir zu Liebe die allerdings schwierige, ja vielleicht gefährliche Stellung übernehmen wird; ich hoffe aber, daß Sie b a l d — sehr bald zu einem entscheidenden Resultat auf eine oder die andere Weise kommen, denn Sie können sich denken, daß ich Don Luis nicht der Gefahr aussetzen mag, meiner eigenen und hier allerdings sehr unzeitigen Gutmüthigkeit als Opfer zu fallen.«

Leifeldt versprach Alles, so lange er nur nicht unnöthiger Weise an dem Freund zum Verräther zu werden brauchte; ja nahm sogar gern das Anerbieten Don Guzmans, der ihn nicht aus den Augen lassen wollte, an, ihn zu der Wohnung dieses neuen Agenten zu begleiten, von dem der Argentiner so kräftigen Schutz und Beistand hoffte, und die beiden Männer machten sich dorthin ungesäumt auf den Weg.

———

10.

Don Manuel.

Don Manuel, den sie glücklicher Weise zu Haus und eben beschäftigt trafen, in aller Gemüthsruhe seinen Maté[19] aus einer dünnen silbernen Bombille oder Röhre zu ziehen, war eine kleine behäbige aber korpulente, kräftige Gestalt, mit dem gutmüthigsten Gesicht von der Welt, das nur ein paar schmale, schwarze, lebendige Augen, die gar vergnügt aus der Fettmasse herausblitzten, Lügen straften. Er empfing die Männer auf das Freundlichste, und wenn sich auch Leifeldt eine solche Hülfe allerdings anders gedacht hatte, ließ ihn Don Guzman doch gar nicht zu Worte kommen, sondern machte den neuen Theilnehmer ihres Plans ohne Weiteres mit dem bekannt, was sie zu ihm geführt hatte, und worin sie seinen Beistand in Anspruch zu nehmen wünschten.

Don Manuel schnitt allerdings im Anfang ein etwas bedenkliches Gesicht, und schien sich einer solchen Mission gerade nicht sehr zu freuen, ja weigerte sich sogar, etwas derartiges allein zu unternehmen; Don Guzman zog ihn aber in eine Fensterbrüstung, und nachdem er sich dort eine ziemlich geraume Zeit gar eifrig mit ihm unterhalten, erklärte sich der kleine Chilene bereitwillig, jedoch nur unter der Bedingung, daß der also zu Beaufsichtigende nicht etwa gefährliche Waffen an sich herum trage.

Alles Weitere besprachen sie unterwegs, denn Leifeldt wünschte so rasch als möglich zu dem Kranken zurückzukehren, ehe ihn die Nachricht von der Ankunft Don Luis erreichen konnte.

Sie fanden ihn langsam im Zimmer auf- und abgehend, und er grüßte den Fremden, der ihm als ein hiesiger Kaufmann Don Manuel vorgestellt wurde, auf das Freundlichste, ja es schien sogar, als ob er gerade heute seine rosigste Laune habe, und wie er mit dem kleinen dicken Mann erst nur ein wenig bekannt war, lachten und erzählten die beiden miteinander, als ob sie seit Jahren die besten Freunde gewesen wären.

Don Manuel nahm Leifeldts, schon vorher verabredete Einladung zu Tisch an, und dort war es, wo der Chilene zuerst den Namen Don Luis de Gomez — anscheinend leicht hingeworfen — erwähnte, die Wirkung zu beobachten, die sie auf den Spanier haben würde; Don Gaspar war aber den Morgen hindurch so auf diesen Namen vorbereitet, daß seine Bewegung, die er dennoch nicht ganz unterdrücken konnte, keinesfalls von den beiden Männern bemerkt worden wäre, hätten ihn diese nicht eben so scharf im Auge behalten. Das Gefühl, sich bewacht zu wissen, half dazu, und das Blut schoß ihm im förmlichen Strom in die Schläfe, Don Manuel hatte aber das Gespräch schon wieder nach anderer Richtung gelenkt, und erzählte jetzt dem jungen Arzt von einer Schlägerei, die an dem Morgen zwischen englischen und chilenischen Matrosen statt gefunden, in so komischer Weise, daß bald alle anderen Gedanken in einem schallenden Gelächter Don Gaspars untergingen.

Nach Tisch schlug Don Manuel den beiden Freunden einen Spatziergang vor, und das Gespräch dabei auf die alten spanischen Kriege bringend, in denen die Chilenen, von dem argentinischen General San Martin wacker unterstützt, die Macht ihrer bisherigen Herren brachen und sie zum Lande hinausjagten, schlug er ihnen vor, eine der alten nothdürftigen Befestigungen zu besuchen, die sich, wenn auch nicht mehr benutzt, doch bis zu dem heutigen Tag erhalten hätten, und jedenfalls von historischem Interesse wären.

Leifeldt wußte dabei nicht, wie er sich das Betragen seines neugewonnenen Bundesgenossen erklären sollte, denn statt einem bestimmten Resultat, zur wirklichen Ergründung der Krankheit Don Gaspars zuzustreben und gerade mit Don Luis de Gomez Namen den Unglücklichen zu sondiren, wich dieser jedem solchen weiteren Gespräch geflissentlich aus, und näherte sich der junge Arzt nur im Entferntesten wieder diesem gefährlichen Thema, das er nicht selber direkt beginnen durfte, so hatte gerade Don Manuel sicher tausend Scherze bereit, auf die Don Gaspar, in heute wirklich muthwilliger Laune, mit Freuden einging.

So waren sie von der Plaza del Victoria aus zu einer kleinen Gasse gekommen, deren Häuser an die stattliche Kirche des Platzes stießen, und von denen das nächste auch wohl mit dieser noch in Verbindung stand, denn es schien unbewohnt, und die Außenseite der Gebäude zeigte, außer einem einzelnen starkvergitterten Fenster im unteren Stock, nur die hohe, kahle Mauer. Schon unterwegs hatte ihnen Don Manuel die Geschichte dieses kleinen, unscheinbaren, aber jedenfalls merkwürdigen Gebäudes erzählt, und durch eine Sage besonders, nach der noch in heutigen Tagen oder vielmehr Nächten, die Geister dreier erschlagener Spanier dort umgingen, sogar ihre Neugierde rege gemacht.

Don Gaspar selber bat im Anfang Don Manuel, sie zu dem Schauplatz all dieser wunderlichen Dinge hinzuführen, als sie aber den Platz erreichten, und er das düstere, niedere, unheimliche Gebäude, die stark vergitterten Fenster sah, schien er zum ersten Mal Verdacht zu schöpfen und blieb, einen raschen, mißtrauischen Blick umherwerfend, stehen, als ob er das Terrain, dem er sich jetzt anvertrauen sollte, vorher erst untersuchen wolle.

Oben an einem der Fenster waren zwei paar Augen sichtbar geworden, die neugierig den Kommenden entgegenschaut, sich aber rasch und scheu zurückzogen, als sie den Blick des Spaniers nach sich aufschweifen sahen.

»Nicht wahr, das alte Haus sieht düster genug für eine Gespenstergeschichte aus,« sagte Don Manuel, dem vielleicht jene zwei paar Augen entgangen waren, lachend, als er das Zögern seines Schutzbefohlenen bemerkte und neben ihm stehen blieb: »wär' ich Präsident, ich ließe es einreißen, ich möchte wenigstens nicht einmal in der Nähe wohnen.«

Don Gaspar zögerte noch einen Augenblick, dann aber, wie zufrieden gestellt von dem Äußeren und ohne etwas auf seines Begleiters Bemerkung zu erwiedern, schritt er langsam gegen die offene Thür zu, die er jedoch nicht eher betrat, bis Don Manuel vor ihm eingetreten war. Der kleine Mann wollte ihm allerdings den Vorrang lassen, Don Gaspar nöthigte ihn aber mit so zuvorkommender, aber auch zugleich kalter Höflichkeit, daß er nicht umhin konnte, nachzugeben. Die Thür blieb hinter ihnen offen.

Der innere Raum sah wüste und öde aus — zuerst betraten sie einen kleinen, schmalen Hof, in dem das Gras lustig emporwucherte. In der Mitte desselben befand sich ein alter verfallener Brunnen, und an den Seiten stand aufgeschichtetes, halb vermodertes Bauholz und lagen alte, eiserne Klammern und Bolzen. Aber auch hier im Inneren waren die meisten Fenster, einige wenige ausgenommen, deren Gewände schon eingebrochen, den Zahn der Zeit oder die rauhe Hand des Menschen verriethen, mit starken eisernen Gittern versehen; Don Manuel aber, wie schon bekannt in diesen Räumen, wandte sich jetzt gleich links, einer schmalen Treppe zu, die in das Innere hinaufführte.

»Halt, Señor, halt!« rief da Don Gaspar, — »nicht so schnell, erst erklären Sie uns diesen Hof, Sie haben uns genug schon davon erzählt, und der Schauplatz der meisten Gräuelthaten war ja gerade hier. Wo hat der Galgen damals gestanden?«

»Wir kommen nachher wieder hierher zurück,« erwiederte der Chilene, sich halb dabei nach dem Frager umwendend, »zuerst wollen wir nur erst die oberen Gemächer und besonders das Zimmer besuchen, wo die drei Spanier ermordet wurden und jetzt allnächtlich ihre Zusammenkunft halten sollen.«

»Und wohnt jetzt weiter Niemand hier im Haus?« frug Don Gaspar, noch immer ohne von der Stelle zu gehn, und auch Leifeldt schien unschlüssig zu werden, ob er Don Gaspar zureden solle, zu folgen oder ihn zurückhalten, denn er fing selber an, mißtrauisch gegen die Bewegungen ihres Führers zu werden.

»Keine Seele — schon seit der Revolution,« rief der Chilene zurück, und stieg langsam die Treppe hinauf, über des Spaniers Züge aber zuckte ein höhnisches, fast triumphirendes Lächeln, und dem jungen Arzt auf die Schulter klopfend, rief er laut und lustig:

»*Bueno, vamos compañero*[20]« und mit einigen raschen Sätzen, während Leifeldt nur halb zufrieden den Beiden folgte, hatte er den Chilenen wieder eingeholt, der an dem oberen Treppenabsatz stehen blieb, sich noch einmal nach unten umsah, und dann Don Gaspar bat, ihm zu folgen. Der Blick jedoch, mit dem er dieß that, mußte bei dem wachsamen Kranken Verdacht erregt haben — er zögerte einen Moment, trat dann ein paar Schritt von der Treppe fort, und als er wieder nach unten schaute, sah er zwei Männer, die sich an die Treppe postirten und hörte Leifeldts Stimme, der sie frug, was sie da wollten.

»Sehn Sie, Don Gaspar!« rief in diesem Augenblick Don Manuel, mit vielleicht absichtlich etwas lauter Stimme, »hier ist das eine Zimmer, von dem ich Ihnen sagte — bitte, kommen Sie hierher — dort drüben können Sie noch das Blut erkennen.«

Don Gaspar lachte laut auf und langsam auf den Chilenen zuschreitend, sagte er, sich auf dessen Schulter mit seinem linken Ellbogen stützend:

»Wir haben Besuch da unten bekommen — noch ein paar Herren, die wahrscheinlich auch die Merkwürdigkeiten dieser alten Revolutionsveste anzuschauen wünschen, aber Don Federigo, hahaha, Don Federigo will sie nicht herauf lassen.«

Don Manuel machte ein etwas verdutztes Gesicht, und schien sich in dem Augenblick so in der unmittelbaren und fast etwas zu vertraulichen Nähe des jungen Mannes nicht besonders wohl zu fühlen, außerdem mußte ihm die Unterhaltung unten ebensowenig angenehm sein, und er machte auch schon eine Bewegung, als ob er nach der Treppe zurückgehen wollte, besann sich aber wieder und sagte dann gleichgültig:

»Besucher? — wohl schwerlich, Don Gaspar, müßiges Gesindel, das sich auf den Straßen herumtreibt und bettelt, Don Federigo wird sie schon abfertigen, bitte, kommen Sie.«

Don Gaspar hatte indessen seine Stellung nicht verändert und das Lächeln, das um seine Mundwinkel zuckte, gefiel dem scheu zu ihm aufschielenden Chilenen nicht; dieser machte sich auch von dem Arm des ihn ruhig gewähren lassenden Spaniers los und trat auf die Schwelle der nächsten Thür.

»Aber wollen wir nicht warten, bis sich Don Federigo uns anschließt, Señor?« sagte der Spanier, ohne den Platz zu verlassen, auf dem er stand, und wo er aus dem schmalen Gang durch ein offenes und gitterfreies halbverfallenes Fenster eine kleine Beistraße überschauen konnte — »Wetter noch einmal, dieß muß früher wirklich eine Art von Gefängniß gewesen sein, sehn Sie nur, Don Manuel, was für schwere Thüren und an einigen wirklich noch starke Riegel — das Schloß, was dort liegt, scheint man total vergessen zu haben — puh, wie dumpfig die Räume hier sind,« setzte er schaudernd und fast wie mit sich selbst redend hinzu — »wie dumpfig und schwül gegen die freie, herrliche Natur da draußen.«

Er schritt langsam in dem Gang hin und blieb neben Don Manuel stehn, der wieder, ohne sich irre machen zu lassen, seine Erklärung des entsetzlichen Mordes begann.

»Und ich werde es unter keiner Bedingung zugeben,« tönte in diesem Augenblick die Stimme des jungen Arztes klar und deutlich zu ihnen herauf, »ich habe selber mit —« und die Worte wurden hier leiser und undeutlich.

»Es scheint doch ein Besuch zu sein,« meinte Don Gaspar lauernd; Don Manuel aber, der zuerst seine Unterlippe zwischen die Zähne und die Brauen zusammenzog, gewann bald seine Ruhe wieder und sagte lachend:

»Unser junger Freund hätte die guten Leute auch können herauf kommen lassen, sie würden uns nicht genirt haben; doch wie dem auch sei, sehn Sie, Don Gaspar — dort in jener Ecke können Sie noch die Spuren der schon erwähnten That erkennen. Ich freue mich, wie irgend einer meiner Landsleute der gewonnenen Freiheiten unseres schönen Vaterlandes, aber ich bedaure jene furchtbaren und leider oft unnütz gewesenen Grausamkeiten, durch die sie theilweis mit erkauft werden mußten.«

In diesem Augenblick öffnete sich dicht neben ihnen leise und geräuschlos eine Thür, und ein Kopf schaute heraus, fuhr aber schnell wieder zurück, als er noch eine Gestalt auf der Schwelle der Thüre bemerkte, Don Gaspar hatte jedenfalls nur den flüchtigen Schein desselben bekommen, aber er blieb regungslos in seiner Stellung und wieder nur spielte das Lächeln um seine Lippen. Es war kein Zweifel, er kannte die Gefahr, in der er sich befand, zu ihrer vollsten Größe, aber gerade d a s schien ihn zu reizen, wie er sich dem Hai entgegen und unter die Hufen der wüthenden Rosse geworfen hatte, so spielte er damit, den Augenblick mit wahrer und wilder Schadenfreude, erwartend, wo sie in ihrer Macht über ihn hereinbrechen würde — was wußte er von F u r c h t?

»Und doch wohnen hier noch Menschen oder hausen hier wenigstens zu Zeiten,« bemerkte der Spanier, auf fünf oder sechs erst kürzlich weggeworfene Stümpfe von Cigarillos[21] deutend, die nicht weit von der Thür am Boden lagen.

»Besucher jedenfalls, die sich den alten Platz anschauen,« erwiederte der Chilene, »die Regierung soll es aber, wie ich kürzlich gehört habe, nicht gern sehn, wenn besonders Fremde hierher kommen; solche Grausamkeiten machen immer böses Blut, und man vermeidet gern, jetzt, wo überdieß die Zeit auch schon so lange vorüber ist, jede Erinnerung daran.«

»D i e s e m Princip nach scheint Don Federigo ebenfalls zu handeln,« lächelte Don Gaspar, nach dem niederen gegenüber liegenden vergitterten Fenster deutend, das den inneren Hof überschaute. Dort wurden eben die beiden Männer sichtbar, die über den Hof schritten und diesen, allem Anschein nach, verlassen wollten, als Don Manuel auch, wie sie schon fast die Thür erreicht hatten, an das kleine Fenster sprang, hinaus rief und sie bat, zurück zu kommen.

»Es sind Bekannte von mir, Señor,« sagte er dabei, sich wieder zu diesem wendend, brach aber in der fast entschuldigend gehaltenen Rede kurz ab und sprang nach der Thür, denn er sah nur eben noch, wie Don Gaspar durch dieselbe verschwand und sie hinter sich zudrückte. Zu spät warf er sich aber mit all seiner Kraft dagegen, der rasch von außen vorgeschobene Riegel war bestimmt gewesen, einen W a h n s i n n i g e n zu halten, und spottete all seiner Anstrengungen.

115

Im Nu hatte aber auch der wachsame Spanier die zweite Thür, aus der er vorher lauschend den Kopf gesehn und ohne weiter zu untersuchen, wer oder was darinnen sei, ebenfalls verriegelt, und laut auf lachte er in triumphirendem Spott, als auch hier von innen sich Jemand gegen die Pforte warf und deren Verschließen freilich vergeblich, zu verhindern suchte.

»Zwei Vögel mit einem Schlag fest,« rief er dabei höhnisch Don Manuel zu, als er an diese Thür auch noch rasch das Vorlegeschloß hing und eindrückte und dann der Treppe zuschritt — »aber ich sah n o c h mehr Augen. S o , Compañero,« setzte er dann hinzu, »fest und richtig verwahrt, o armer Don Manuel, allein und einsam jetzt in der entsetzlichen Schauerkammer, und von einem T o l l e n überlistet, hahahaha!«

»Machen Sie auf, Don Gaspar, machen Sie auf, das ist schlechter Spaß — Don Federigo — Pedro — Fernando!« schrie der Gefangene.

»Hahahaha!« lachte Don Gaspar, aber seine Hand lag an dem Griff des langen Messers, das er vorsichtig und versteckt unter der Weste an seiner linken Seite trug, denn die Treppe herauf klangen rasche, elastische Schritte. Es war Leifeldt, und der Spanier, die Hand zurückziehend, begegnete dem F r e u n d an dem oberen Treppensims.

»Was haben Sie gemacht, Don Gaspar, was geht hier vor?« rief dieser, mit dem Arm den Gang hinabdeutend, von woher die lauten, fast ängstlichen Laute der Chilenen tönten.

»Komm, Federigo,« entgegnete ihm aber der Spanier, zugleich seine Hand ergreifend und ihn mit sich die Treppe hinabführend, »komm, wir wollen den Señor Don Manuel de San José oder wie er sonst heißen mag, ruhig der Bewunderung seiner spanischen Erinnerungen überlassen — er hat auch noch Gesellschaft dort oben, aber in einer Viertelstunde« — setzte er dann rascher und bedeutungsvoller hinzu, »erwarte mich in unserem Hotel auf meinem Zimmer, lieber früher als später, ich habe Dir

116

Wichtiges zu entdecken — wirst Du kommen?«

»Gewiß, aber —«

»Kein aber jetzt, Amigo — jener Bursche hatte Arges mit mir im Sinn — beruhige Dich, ich weiß Alles, und die kleine Lehre wird ihm gut thun, laß mich nur nicht zu lange warten. Du wirst dort über Manches Aufklärung bekommen, so säume nicht und überlaß den Señor da oben seinem Schicksal, ein wenig Angst mag ihm die Probe dessen sein, was er mir für eine Lebenszeit zugedacht.«

Sie hatten indessen den Fuß der Treppe erreicht und begegneten hier den beiden Peons, die allerdings etwas überrascht stehen blieben, als sie den in so ruhigem Gespräch die Treppe herabkommen sahen, der, ihrer Meinung nach, eben da oben eingesperrt, solchen Lärm vollführt hatte, Don Gaspars fast wunderbare Ruhe sollte sie noch mehr verwirren, denn dem ersten freundlich auf die Schulter klopfend, sagte er lachend:

»Wir haben ihn, Amigo, das war schlau angestellt und gut ausgeführt — da, verzehrt das in der nächsten Pulperia.« Dem ersten einen Dollar in die Hand drückend, nickte er freundlich dem jungen Arzt zu und rasch über den Hof der Thüre zuschreitend, blieb er nur einen Moment noch an der Pforte stehn, zurückzuschauen, warf dem jetzt wüthend in den Hof hinab tobenden Don Manuel einen lächelnden Kuß mit den Fingerspitzen zu, und war wenige Sekunden später in dem schmalen dunklen Ausgang verschwunden.

———————

11.

Der Spanier und das Mädchen.

Eine merkwürdige Ruhe, nur manchmal von einem

eigenthümlichen kecken Humor durchblitzt, hatte das Betragen des Spaniers die ganze Zeit, und zwar von dem Augenblick an charakterisirt, wo er das ihm verdächtige Gebäude in der Gesellschaft der beiden Männer betreten, bis zu da, wo er dessen Schwelle — allein — wieder überschritt, wie verwandelt aber schien er selbst in dem Moment, als er die dunkle, finstere Mauer, als er die Gefahr damit, hinter sich ließ. Wie nach jeder übergroßen, übernatürlichen Anspannung und Überreizung der Sehnen, stellte sich eine um so gewaltigere Erschlaffung ein, da sie so plötzlich war — der Schweiß trat ihm in großen Tropfen auf die Stirn und förmlich gewaltsam mußte er sich aufraffen, noch Kraft genug zu behalten, in flüchtigen Sätzen die Straße hinab zu fliehn.

Dort passirte gerade in dem Moment einer der gewöhnlichen Wagen mit zwei Pferden, das eine in der Gabel, das andere am Gurt befestigt, den Kutscher halb schlafend auf dem Bock.

»*Ahi, amigo!*« rief er dem mechanisch bei dem Ruf in die Zügel greifenden zu und schwang sich, ohne die Thüre zu öffnen, in das Innere — »kennst Du die Wohnung des alten englischen Señors, Don Guillelmo Nulando?«

»*Si, Señor!*«

»Brav, mein Bursche, rasch denn dort hin, ein gutes Trinkgeld ist Dein.«

Der Kutscher berührte seine Thiere mit der schwanken Peitsche, und der Wagen klapperte in scharfem Trab die Almendral hinauf, der Wohnung Mr. Newlands zu, den Passagier kaum zehn Minuten später, vor dessen Thüre abzusetzen.

Don Gaspar klopfte und folgte der alten Magd, die ihm öffnete, die Treppe hinauf. »Mr. Newland war auf der Börse, das Dampfschiff ankommen zu sehn, was diesen Morgen signalisirt worden, und durfte wohl kaum vor Abend zurück erwartet werden; Mistreß war ebenfalls ausgegangen und Miß Jenny allein oben im Parlour — der junge Mann hatte sie ja schon so oft besucht, Miß Jenny würde sich gewiß freuen, ihn zu sehn, sie brauchte ihn gar nicht mehr zu melden.«

Don Gaspar war schon lange, ehe die geschwätzige Alte nur die Hälfte ihrer Rede vollendet hatte, oben an der Treppe und im Vorsaal. Was er hier wollte, schien er selber nicht recht zu wissen — Abschied nehmen? — sich rechtfertigen? — das Mädchen noch einmal sehen, von dem ihm der Freund gesagt, daß ihre Seele an ihm hinge in heißer Liebe? — Es waren das dunkle Bilder, die ihm wohl vorschwebten und, einer Art von Ziel entgegentrieben, ohne daß er sich jedoch feste Rechenschaft davon zu geben gewußt hätte. Er fühlte mehr den Augenblick nahen, der sein Schicksal überhaupt entscheiden sollte, und — er mußte der Stelle noch ein Lebewohl sagen, wo er seit langen, langen Jahren wieder die ersten Stunden heiteren stillen Glücks verlebt. War es aber das Haus allein, das ihn gefesselt, mit dem gastlichen Willkommen, der ihm geboten worden, der derbe Händedruck des biederen alten Mannes, das geschwätzige, aber so herzliche Wesen der Matrone, das frohe Lachen des Kindes, das ihm sonst halbe Straßen lang entgegen lief und an seinem Hals hing — er hätte keins von alle diesem missen mögen — oder Jenny? Seine Hand hielt schon die Klinke erfaßt, und zögernd noch stand er und starrte vor sich nieder — und Jenny? hatte sich denn durch das Wort des Freundes eine ganz neue fremde Welt so plötzlich ihm erschlossen? Er wußte gar nicht, wie ihm eigentlich geschah, alte wirre Bilder tanzten vor seinem Hirn, wilde entsetzliche Gestalten drängten aus ihrem blutigen Hintergrund und wetterschwangere Wolken lagerten an dem Saum des noch vor Sekunden so sonnigen Himmels. Dort, dort vor ihm lag eine Heimath, spielende Kinder jagten sich auf dem grünenden Rasen, der alte Feigenbaum, der vor der Thür stand, warf seinen freundlichen Schatten auf ein glückliches Paar, dessen Züge er kannte. War das Blut, was dort auf dem grünen, sonnigen Rasen so röthlich blitzte und funkelte, warmes verströmtes Blut? — Nein, die Sonne hatte den Thau noch nicht weggeküßt von den Halmen, sie spiegelte sich jedoch selber so gern in der blitzenden, strahlenden Herrlichkeit.

Aber das Paar dort — es waren Jennys Züge, und der Mann? das war er selber — nein, das Haar schimmerte licht und golden in den einzelnen Strahlen, die sich durch das dicht verschlungene, zitternde Laub des Baumes stahlen — das war Stierna. Was sollte auch ihm eine Heimath, ein Heerd, ein Weib, ein Kind, ihm, dem Verlassenen, Verstoßenen.

Er barg das Antlitz wie krampfhaft in der linken Hand, und vor den zusammengepreßten Pupillen tanzten die Bilder toller und wilder und schmiegten sich rasch und gefügig in wunderliche Form und Gestalt — Heimath? dort stand eine kleine, trauliche Heimath, ein niederes, ödes Gebäude, von breiten, zackigen Kacktushecken umgeben, die schmutzigrothen Backsteinmauern nur von engen, düsteren, vergitterten Fenstern unterbrochen, kein lebendes Wesen in der Nähe, kein Mensch — ja doch, da oben an dem einen Fenster, hinter dem starken Gitter, die Stirn, die heiße pochende Stirn an das kalte Eisen gepreßt, stand ein Mann — es war wunderbar, wie genau er ihn erkennen konnte, mit den bleichen Wangen und den schwarzen, tief liegenden Augen — das war er selber — und die Welt lag vor ihm, frei, frei im glühenden, jubelnden Sonnenlicht. Die Schwalben strichen um das Dach, die Sperlinge zwitscherten vom First nieder oder suchten zwischen den stachlichen Kacktusarmen frei ihr Futter; drüben über den Häusern konnte er die grasenden Heerden erkennen, die Möve kreiste über den blutgetränkten Feldern der nächsten Saladeros[22], dort jene Reiter galoppirten frei, frei über die weite, grünende Steppe, und nur er — nur er — — Wer war der Mann, der da dicht an der Kacktushecke vor dem Haus stehen blieb und so freundlich hinaufgrüßte? die Gestalt so bekannt, so verhaßt, in dem weiten Poncho und dem flatternden Haar — jetzt wandte sie sich nach ihm her —

»Don Luis!« schrie er, und die Thürklinke, die er noch immer gefaßt gehalten in dem wachenden Traum, brach fast vor der furchtbaren Kraft, mit der sich die Hand auf ihr schloß in krampfhafter Wuth — »Don Luis!« — ihm unbewußt öffnete sich dabei die Thür und der Aufschrei des

120

zum Tod erschreckten Mädchens rief ihn zum ersten Mal wieder, fast seit er den Wagen verlassen, zu sich selbst zurück.

»Aber, Don Gaspar, wie Sie mich erschreckt haben,« sagte Jenny, die sich zuerst wieder gesammelt, mit leisem Vorwurf im Ton, »doch was ist Ihnen, Sie schauen todtenbleich aus,« setzte sie rasch und besorgt hinzu, »sind Sie krank? ist Ihnen etwas geschehn? um Gottes Willen, was stieren Sie mich so an? Don Gaspar?«

»Entschuldigen Sie, Señorita — entschuldigen Sie,« stammelte der Spanier, der sich gewaltsam zusammenraffte, seine Gedanken zurückzuzwingen in die alte Bahn — »die Aufregung heute, mit einem leichten Fieber und Unwohlsein, das mich schon einige Tage geplagt — der Schmerz der Trennung.«

»Trennung? Sie wollen fort?« — rief das Mädchen rasch und augenscheinlich erschreckt, denn ihre Wangen verließ jetzt das Blut, nach wenigen Sekunden mit so viel mächtigerer Fluth dorthin zurückzuströmen — »und wohin? weshalb?« —

»Wohin? — weshalb?« — wiederholte der Gefragte, kaum bewußt, daß er die Worte noch sprach, die Blicke aber fest und forschend auf die zitternde Gestalt geheftet, die vor ihm stand, und sich kaum aufrecht zu halten vermochte — »und schmerzt es Sie, daß ich gehe, Jenny?« setzte er plötzlich weicher hinzu, indem er ihre Hand ergriff, die sie ihm willenlos zu nehmen gestattete, »werden Sie den Fernen — Fremden nicht vergessen haben, wenn der letzte Staub verflogen ist, den die Hufe seiner Rosse aus den Nachbarhügeln Valparaisos geschlagen?«

Er hörte nicht das leise, kaum gehauchte »Nein,« das von den Lippen der Jungfrau floh, die Hand, welche die ihre hielt, mit dieser sinken lassend, starrte er wehmüthig lächelnd vor sich nieder und fuhr mit halblauter Stimme fort, mehr mit sich selber, als zu dem schönen Mädchen redend, das zitternd neben ihm stand und an seine Brust gesunken wäre, hätte sein Arm sich nach ihr ausgestreckt.

»O, es ist ein schmerzliches Gefühl, so weit, weit draußen in der Ferne umherzuschweifen und Niemanden zu wissen in der weiten Gotteswelt. Niemand in diesem All des Hasses und der Liebe, der sich freut, wenn wir kommen, dessen Auge sich näßt, wenn wir gehn; es ist ein trauriges Loos, den kalten Willkommen des Fremden zu hören, und sich dabei noch bewußt zu sein, in dem eigenen Herzen einen so reichen Schatz von alle dem zu tragen, was den eigenen Heerd zu einem Paradiese schaffen könnte. Jeder in der Abendluft kräuselnde Rauch, der die kleine Familie zu traulichem Kreis um das knisternde Kamin sammelt, ist ein schneidender Vorwurf in das arme Herz. Jedes blühende Kindergesicht, das ihm halb keck, halb herzig in die Augen schaut, schnürt ihm die Brust mit einem tiefen, schwer auszudrückenden, aber deshalb auch um so mächtigeren Weh zusammen, und die beiden Worte »allein« — allein und »heimathlos« wären schon in sich selbst genug, ein unglückseliges Menschenkind, das ihnen erlegen, zu Boden zu schmettern, käme nicht auch noch außerdem von den Eltern auf das — aber halt — was ich gleich sagen wollte,« unterbrach er sich da plötzlich mit ganz verändertem Ton und Ausdruck, während seine Hand fester die der Jungfrau umschloß, so fest, daß sie der Druck zu schmerzen begann, und sein Blick wie neugierig forschend, den ihren suchte, »wie ist mir denn, fürchteten Sie sich nicht vor einem — vor einem Wahnsinnigen?«

»Wie kommen Sie jetzt zu der Frage?« hauchte das Mädchen, das Haupt erbleichend von ihm abwendend.

»Ich glaube, wir sprachen einst davon in Ihrem Hause, und ich sah heute« —

»O, um Gotteswillen, reden Sie nicht von so Entsetzlichem,« fiel ihm die Jungfrau rasch und bittend in's Wort, »mir gerinnt das Blut in den Adern, nur bei dem eigenen Gedanken daran, und fremde Worte könnten die Bilder heraufbeschwören, die es Monate brauchen würde, wieder zu verwischen.«

»Und doch ist der Wahnsinn gar nichts so Entsetzliches,« sagte der Spanier, ihre Hand loslassend und sich das feuchte lange Haar aus der Stirn streichend.

»O, Don Gaspar,« bat das Mädchen.

»Fürchten Sie Nichts. Señorita,« beruhigte sie aber dieser mit leisem Kopfschütteln, »ich bin weit davon entfernt, Sie ängstigen oder quälen zu wollen mit thörichten Schaudergeschichten, wie sie das tolle Volk im Munde trägt; nein, ein Vorurtheil wünschte ich bei Ihnen zu besiegen, das Ihnen über kurz oder lang doch vielleicht einmal vielen Schmerz machen dürfte. — Mein Vater war wahnsinnig.«

»Aber, Señor.«

Der Spanier lachte und nahm schmeichelnd wieder ihre Hand. »Er war es ja nur, habe ich Ihnen gesagt, und zwar auf eine wunderliche Art — er glaubte, meine Mutter liebe ihn, und habe ihn deshalb geheirathet, und Jemanden, der ihm den tollen Wahn benehmen wollte — rannte er den Degen durch den Leib — wie es ein neckischer Zufall gerade wollte, traf es sich, daß das sein — eigener Bruder war.« —

»Don Gaspar, wenn Ihnen die Ruhe meiner Nächte, meines Lebens nur das Geringste gilt, so hören Sie auf,« bat aber jetzt in wirklich tödtlicher Angst das Mädchen und suchte sich von der Hand loszumachen, die sie jetzt wieder wie mit eisernem Griff umschlossen hielt. — »Ich begreife Sie nicht; was um des Himmels Willen ist mit Ihnen vorgegangen? und sehen Sie nur, wie entsetzlich Sie mich gedrückt haben,« setzte sie dann hinzu und hielt ihm die eben befreite, ganz dunkelroth gepreßte kleine Hand halb scheu noch, halb lachend entgegen.

»Schelten Sie mich — schelten Sie mich recht aus, Señorita,« rief da der Spanier, sich rasch von ihr abdrehend, »ich bin ein arger Thor, ja ich bin boshaft genug, mich gerade daran zu freuen, wenn ich die — die mir die liebsten sind, ärgern und quälen kann — und zuletzt habe ich doch nur mich selber geschlagen, wie ein thörichtes Kind. — Aber ich muß wahrlich fort,« setzte er dann rascher hinzu, »und in der Scheidestunde ist das Herz ja doch stets trüb und traurig und beschwört die Bilder herauf, die ihm die schmerzlichsten sind in der weiten Welt.«

»Aber weshalb wollen Sie fort? — was treibt Sie — was treibt Sie so plötzlich aus unserer Mitte, aus einem Kreis von Freunden, der Ihnen — zu Dank verpflichtet — so gern noch beweisen möchte, wie — wie werth Sie ihm sind« — sagte die Jungfrau schüchtern und zuletzt mit leiser bewegter Stimme hinzu.

»Weshalb?« wiederholte Don Gaspar tonlos, und schaute rasch und forschend zu dem Mädchen auf — »weshalb? — ja, wie war mir denn, weshalb kam ich doch — ach — Ihr Vater — ja doch — ist Mr. Newland nicht zu Hause? — er wird mir die Auskunft geben können.«

»Weshalb Sie fort von uns müssen,« sagte Jenny wehmüthig lächelnd und den Kopf schüttelnd, »o Sie wunderlicher Mann, wie läge das in seinen Kräften, und wird's ihn nicht selber schmerzen, wenn er Sie missen soll, der Sie ihm zuletzt ein wirklich fast unentbehrlicher Freund geworden?« —

Don Gaspar schüttelte traurig mit dem Kopf.

»Glauben Sie das nicht, Señorita — was hätte Don Guillelmo an dem wilden, launischen Gesellen, der unstät wie ein Frühlingstag, bald seine Nachsicht, bald sein Mitleiden in Anspruch nahm, oder ihn ärgerte und reizte in heftiger, unerquicklicher Debatte. Nein, nein, er wird den Fremdling bald vergessen, den einst die gütige Vorsehung wohl einmal benutzte, einen ihrer kleinen Lieblinge noch länger auf dieser Erde zu halten, den Seinen zum Trost, zur Lust, der aber jetzt schon weit, o, recht weit von hier fort sein sollte — und es auch wäre — hielten ihn nicht Banden — heilige, feste Banden.« —

»Heilige Banden?« rief Jenny rasch und erschreckt emporfahrend, und den Blick mit durchbohrender Schärfe auf ihn heftend — »feste Banden? — Sie?« —

»Banden?« wiederholte der Spanier und sein Geist sprang augenscheinlich auf dem Wort ab, nach anderer

Richtung hin — »mich? — nein — noch nicht, hahaha — sie waren nicht schlau genug dazu.«

»Ich verstehe Sie nicht,« sagte das Mädchen, und das Blut schoß ihr in Strömen in die Schläfe, und färbte ihr Wangen und Nacken.

Don Gaspar schwieg erschreckt — fast instinktartig fühlte er, daß er wildes, tolles Zeug gesprochen, aber er fürchtete fast eben so, es zu widerrufen. Schweigend stand er dem holden Mädchen einige Sekunden gegenüber, jetzt zum ersten Mal, seit er das Gemach betreten, haftete sein Blick voll und ruhig auf den lieben, bewegten Zügen, und er sah, wie an den langen, seidenen, niedergeschlagenen Wimpern zwei große, schwere Thränen zitterten und langsam niedertropften.

»Jenny,« sagte er da weich und leise, und ihr näher tretend, ergriff er wieder ihre Hand — »ich habe Sie wohl recht gekränkt mit meinen harten, ungestümen Worten — und — ich war doch hergekommen aus einem ganz, ganz anderen Grunde — weshalb? weiß ich mir eigentlich selber keine Rechenschaft zu geben; ich verlasse heute die Stadt noch nicht, aber mir war, als ob ich v o r der nächsten Zeit, die in grimmer, unerbittlicher Entscheidung mein wartet, I h r holdes Antlitz noch einmal sehen, den Blick dieser sanften Augen noch einmal in meine Seele prägen m ü s s e, sollte ich im Stande sein, zu ertragen, was — was nun eben der wunderliche Herr Gott da droben über mich auszuschütteln im Begriff ist, und dann —« er hob langsam ihre Hand an seine Lippen und drückte einen leisen, leisen Kuß darauf — »mit leichtem Muth der nächsten Zeit zu begegnen. Ich glaubte mich d u r c h diesen Augenblick gegen Alles gewappnet, und — finde nun, daß ich mich bös, o, bös geirrt.« —

»Halloh, Kinder!« rief in diesem Augenblick eine fröhliche Stimme, und der alte Mr. Newland stand in der geöffneten Thür, die traurige Gruppe der Beiden, die ihn gar nicht kommen gehört, halb erstaunt, halb lachend betrachtend.

Jenny schrak zusammen, als ob sie auf einer bösen That

betroffen worden, und wurde todtenbleich, Don Gaspar dagegen hob langsam den Kopf, und dem alten Herrn ruhig die Hand entgegenstreckend, sagte er freundlich:

»Sie kommen wie gerufen, lieber Señor, mir liegt etwas auf dem Herzen, daß ich nicht länger allein tragen kann und will, und Sie gerade sind der Mann —«

»Segne meine Seele!« unterbrach ihn aber der Alte mit lautem Lachen, »wenn der nicht mit Leesegeln an beiden Seiten vor dem Winde, zehn Knoten die Stunde geht, offene See und keine Leeküste, o! — aber darauf kommen wir nachher zurück, jetzt erst, Kinder, eine fröhliche Botschaft, daß ich die los werde, und nicht auseinanderspringe vor lauter Vergnügen — Bill kommt.«

»Bill?« rief Jenny aus ihren nur halb getrockneten Thränen hervorlächelnd, »aber wenn, Papa, wenn?«

»Übermorgen, morgen vielleicht schon!« rief der alte Mann fröhlich, »der Dampfer hat das Schiff an der Küste, gar nicht weit vom Hafen mehr getroffen, und wenn der Wind nur noch ein wenig aufräumt, können sie vielleicht morgen schon ihren Anker hier bei uns niederrasseln lassen. — Nun kommt auch der Vater des kleinen Burschen, Señor, den Sie retteten, und einen warmen, dankbaren Freund werden Sie an dem finden.«

Zwei Reiter galoppirten die Straße hinab — es war Polizei, und Don Gaspar schaute ihnen lächelnd nach — er hörte gar nicht, was der alte Herr in seiner Herzensfreude zu ihm gesagt hatte.

»Und du warst am Bord des Dampfers, Väterchen?« frug die Jungfrau, froh, einem Gespräch enthoben zu sein, das ihr das Herz zusammen zu schnüren gedroht — »hatten sie Bills Schiff signalisirt?«

»Doch wohl, Kind, doch wohl,« sagte der Greis, sie an sich heranziehend und ihre Stirn küssend — »aber an Bord war ich nicht, sondern traf eben bei dem Argentinischen Konsul einen alten Freund, der mir die fröhliche Botschaft

126

gab. — Segne meine Seele, ich habe ihm nicht einmal Adieu gesagt, in solcher Eile war ich, Dir die Nachricht zu bringen — den Konsul wollte ich mit hierherschleppen, der hatte aber den Kopf voll und mußte auf die Polizei, und Don Luis de Gomez —«

Ein wilder, fast nicht mehr irdisch klingender Schrei unterbrach ihn hier, und als sich Beide rasch und erschreckt der Richtung zuwandten, von der jener unheimliche Laut ertönte, sahen sie den Spanier mit todtenbleichem, leidenschaftlich aufgeregtem, fast verzerrtem Antlitz, die weit geöffneten Augen starr und aus ihren Höhlen drängend auf den Erzähler geheftet, die Arme vorgestreckt, und das schwarze krause Haar in ungeregelten, fast emporsträubenden Locken über die marmorblasse Stirn geworfen, mitten im Zimmer stehen. Eben hatte er dessen letztes Wort, den Namen, aufgefangen, und die wenigen Sylben schienen einer Zauberformel gleich auf den Unglücklichen zu wirken.

»Don Gaspar — was um des Himmels Willen ist Ihnen geschehen,« riefen Vater und Tochter fast zu gleicher Zeit.

»Don Luis de Gomez!« war aber Alles, was der Spanier nur in bleicher zitternder Wuth, jede Muskel seines Körpers bebend in der furchtbaren Aufregung, auszustoßen vermochte — »Don Luis de Gomez!« und Alles was er an Haß, Wuth und Rache kannte, häufte sich in dem einen Namen des Feindes. Die geballten Fäuste schlug er dabei zusammen, und der halb geöffnete Mund zeigte die beiden Reihen perlenweißer, aber fest zusammengebissener Zähne, hinter denen vor die Laute zischten.

12.

Der Ausbruch des Vulkans.

Leifeldt stand noch wie in einem Traume, als ihn Don Gaspar schon mehrere Minuten verlassen hatte, und nur erst der Lärm, den der in seiner eigenen Falle gefangene Don Manuel oben machte, brachte ihn wieder zu sich selber.

Die beiden Peons unten ebenfalls wußten nicht, was sie von dem Allen denken sollten. Ihrer Meinung nach hatte es ihnen kaum anders möglich geschienen, als daß der, der sie da eben so ruhig und gleichgültig verlassen, der Bezeichnete sein müsse, den festzunehmen sie heimlich heute Nachmittag durch Don Guzman de Ribera hierher bestellt waren, und gleichwohl saß der Andere jetzt oben fest, und dieser ging ruhig und ungehindert von dannen. Und Don Manuel? — dem zu gehorchen waren sie doch herbeordert; konnte es möglich sein, daß er selber der Tolle gewesen wäre? —

Der junge Arzt stand indeß noch unschlüssig an der Treppe. Er konnte Don Manuel hier nicht gut hinter Schloß und Riegel sitzen lassen, und gleichwohl hatte er eine kleine Strafe für sein doppelgängiges Wesen verdient; Leifeldt freute sich ordentlich, daß Don Gaspar die Falle gemerkt und auf die Häupter seiner eigenen Verfolger geleitet habe. Langsam schritt er den Gang entlang und der Thüre zu, hinter der dieser schrie und tobte und herausgelassen zu werden verlangte, und seine Wuth wurde noch durch die beiden Peons vermehrt, die unten im Hof jetzt mit offenem Munde standen, zu ihm hinaufschauten und eben durch sein furchtbares Wüthen mehr und mehr darin bestärkt wurden, daß doch wirklich Don Manuel und niemand anders der plötzlich toll gewordene sei, und jetzt hier zu der Stadt Besten im Allgemeinen, und seinem eigenen insbesondere, hinter Schloß und Riegel verwahrt werden sollte. All seine Ausrufungen und Befehle, die er mit vor Zorn halb erstickter Stimme den unten Gaffenden hinunterschrie, konnten dabei nicht dazu dienen, sie vom Gegentheil zu überzeugen, und endlich, der Sache auch eine spaßhafte Seite abfindend, stießen sie sich unter einander mit den Ellenbogen, und sahen sich an und platzten dann gerade heraus in ein nicht enden wollendes Gelächter.

Wie lang diese Scene gedauert haben würde, ist

unbestimmt, Don Manuel war aber durch das, was er Spott glaubte, der beiden von ihm selbst besoldeten Männer so in wirkliche Wuth gerathen, daß er schon die Stäbe seines Kerkers gefaßt hatte und in blinder Wuth daran riß und schüttelte, als der junge Arzt seine Thüre erreichte, die beiden von außen vorgeschobenen Riegel zurücktrieb und das Schloß ebenfalls zu öffnen versuchte; das aber widerstand allen seinen Bemühungen und während der Gefangene, der jetzt Jemanden an seiner Thür hörte, dieser zusprang und von innen dagegen schlug und donnerte, anstatt ruhig zu warten bis sie geöffnet sein würde, benahm er Leifeldt vollkommen die Möglichkeit, ihm verständlich zu machen, wie er gerade im Begriff sei ihn wieder in Freiheit zu setzen. Dieser war zuletzt genöthigt, zurück in den Hof zu gehen und einen der Peons zu rufen, ihm zu helfen. Eine der alten eisernen, dort herumliegenden Klammern mit hinaufnehmend, gelang es ihm endlich mit des Peons Beistand, das massive Schloß aufzudrehen und den Gefangenen zu befreien.

Der Peon mußte übrigens, wie sich Don Manuel nur erst einmal vor der Thür und ihm gegenüber sah, machen, daß er die Treppe hinunterkam, denn der gereizte Chilene warf sich in förmlichem Grimm auf den armen Teufel und schien wirklich im ersten Augenblick kaum seiner Sinne mächtig. — Die nächsten heraussprudelnden Fragen war Leifeldt auch gar nicht im Stande so rasch zu beantworten, wie sie sich Luft machten von des zornigen Mannes Lippen, und als auch der Schwede endlich, gereizt von den scharfen zornigen Worten, kurz und trotzig erwiederte, stürmte der Erbitterte fort mit Flüchen und Verwünschungen zwischen den Zähnen, Genugthuung zu holen auf der Polizei für den erlittenen Schimpf.

Es thun das viele Menschen.

Leifeldt sah ihm lächelnd nach, dann aber der Worte gedenkend, die ihm Don Gaspar noch zugerufen, und der eigenthümlichen Aufregung, in der er ihn heute gesehen, entließ er die Peons (der dritte, ebenfalls oben Eingesperrte hatte schon einen anderen Ausgang durch eine Nachbarzelle gefunden) und eilte mit schnellen Schritten zu seinem Hotel zurück, die erwartete Aufklärung des Freundes dort zu finden.

Don Gaspar war noch nicht da, und unruhig durchschritt er den kleinen Raum von dessen Gemach hin und her, Viertelstunde nach Viertelstunde. Bald trat er an das Fenster, hinauszuschauen, bald an die Thür zu horchen, ob sich nicht die raschen Schritte des Erwarteten hören ließen. — Niemand kam, und wie ihm endlich die feste Überzeugung schwand, mit der er bis jetzt den Freund erwartet hatte, tauchte Besorgniß in ihm auf, wohin dieser in seinem überreizten Zustand geeilt sein, was er angerichtet haben könnte. Jetzt zum ersten Mal, obgleich sein Herz kaum an etwas anderes gedacht den ganzen Morgen, als Jennys Schicksal — zuckte ihm auch, wie ein wilder Schmerz, der Gedanke durchs Hirn, Don Gaspar könne dorthin geeilt sein, und was dann waren die Folgen, wenn der Teufel, der in ihm schlummerte, die Lavagluth, auf deren düsteres, furchtbares Leuchten er nur erst einen einzigen entsetzten Blick geworfen, zum Ausbruch käme.

Rasch, und jetzt selber in fieberhafter Aufregung, durchschritt er das Gemach wohl noch zehn Minuten in immer steigender Unruhe, dann aber hielt er es auch nicht mehr aus — es litt ihn nicht länger in dem leeren Raum, und hinaus stürmte er, Newlands selber aufzusuchen und sich zu überzeugen, ob seine Befürchtungen Wahrheit gewesen wären oder nicht.

Laute, ungewohnte Stimmen, und wildes Lachen schallten zu ihm nieder, wie er nur das Haus betrat.

»Um Gottes Willen, was geht hier vor?« rief er der alten Magd entsetzt entgegen, die ihm mit zitternden Händen die Thüre öffnete.

»Don Gaspar,« war Alles, was diese erwiedern konnte, als er auch schon mit flüchtigen Sätzen die Treppe hinaufflog und die Thür aufriß. —

Ein einziger Blick hier bestätigte aber nicht allein seine schlimmste bisher gefaßte Befürchtung, sondern zeigte ihm auch, in welche Gefahr er die ihm liebsten Menschen durch sein unschlüssiges Zaudern gebracht.

Mitten im Zimmer, dicht neben dem großen, runden Tisch, auf den er sich mit der linken Hand stützte, stand der Greis, den rechten Arm um die Tochter geschlungen, die sich halb bestürzt, halb erschreckt an ihn schmiegte und Beide starrten in sprachlosen ja besorgten Staunen nach dem Spanier hinüber, der lachend und stampfend, mit blitzenden Augen und gesträubtem Haar ihnen gegenüber stand.

Keiner von ihnen gewahrte das Öffnen der Thür, den eintretenden jungen Mann, aber die so lang eingehemmte und zurückgehaltene Wuth des Tollen, die jetzt Monde lang unter der äußeren Schaale seines festen eisernen Willens gearbeitet und gegohren hatte, wie ein mächtiger Vulkan seine Gluthen wieder unter der Rinde sammelt, die er sich von seinem letzten Ausbruch selbst geschmiedet, schlug hier zum ersten Mal wieder in wilder Lohe ins Freie.

»Don Luis de Gomez!« schrie er mehr, als er es rief, »Don Luis, er ist hier — er ist hier! Teufel, wenn ich Dich fasse, wenn ich Dich halte — hier — hier zwischen den zusammengeballten Fäusten — hier zwischen den Zähnen und Armen — huih!« — und das Zimmer dröhnte von dem gellenden Aufkreisch des Rasenden. — »Und das Dein Weib? — mit dem marmorbleichen Angesicht? — das die blühende, liebeglühende Constancia?« fuhr er plötzlich fort, den Arm gegen das zusammenzuckende Mädchen ausstreckend — »das die Schlange, die mich nicht einmal im Grabe ruhen ließ mit ihren zaubertollen Reizen — das die Braut« — und zum Sprung, die Schultern zurückgedrängt, die Augen in wildem unheimlichem Feuer glühend, die Arme angezogen, bog er sich nieder, als Leifeldt dazwischen sprang und drohend die Hand gegen den Wüthenden gehoben, ausrief:

»Morelos!«

»Wahnsinnig!« hauchte Jenny, ihr Antlitz in den Händen bergend, und brach in sich selbst zusammen. Hoch empor aber zuckte der Kranke, und seine Augen flogen wie irre

Pfeile von Leifeldts ihm muthig begegnender Gestalt zu dem bleichen, am Boden hingestreckten Mädchenbild, über das der Vater getreten war, mit dem jungen Arzt jede Gefahr von der Geliebten abzuwenden.

Aber diese schien für den Augenblick vorüber, wenigstens von ihnen hier abgelenkt. Des Freundes Anblick riß den Wüthenden in etwas zu der ihn umgebenden Wirklichkeit zurück.

»Leifeldt — Stierna!« rief er, mit der linken Hand rasch und heftig das wirre Haar aus seiner Stirn streichend, »und hier? — hier? — nein, nicht hier — er ist dort, bei ihm, bei ihm« — und ehe Jemand seine Bewegung hätte hindern, ja nur ahnen können, was er beabsichtigte, legte er die Hand auf das Sims des offenen Fensters und war mit einem tollkühnen Satz auf der Straße unten.

13.

Das Rendez-vous.

Die Höhe, von der der Wahnsinnige niedersprang, war über achtzehn Fuß, aber wie ein Federball schnellte er wieder vom Boden empor, und floh mit flüchtigen Sätzen die Straße hinab, dem Hause des Argentinischen Konsuls zu. Wohl stutzten ein paar Vorübergehende, die den waghalsigen Sprung gesehen, und auch wohl erst die lauten Stimmen oben im Hause gehört; Streitigkeiten sind aber nichts seltenes bei dem heißen Blut des Südländers, das Messer trägt er dabei nur gar locker im Gürtel, und rasche Flucht wird oft nöthig, dem Gesetz und vielleicht fatalen Folgen zu entgehen. Zufällig Gegenwärtige vermeiden aber in einem solchen Fall nichts sorgfältiger, als Zeugen solcher That zu sein. — Die Gerichte waren in Chile so weitläufig, wie in der Argentinischen Republik und man hält sich gern

132

fern von ihrer kostspieligen Nähe.

So bog Don Gaspar, oder wie wir ihn jetzt lieber wieder bei seinem rechten Namen nennen wollen, M o r e l o s , ungehindert, unbelästigt in die nächste Straße ein, und stand wenige Minuten später an der Thüre des Argentinischen Konsuls, die er verschlossen fand.

Den rasch geführten Schlägen des Klopfers öffnete ein junger Bursche in einem Peruanischen Poncho.

»Don Guzman ist nicht zu Hause!« sagte der Knabe, die Frage nach dem Konsul beantwortend, »wird auch vor Abend schwerlich zurückkommen.«

»Und der Fremde?«

»Don Luis de Gomez?«

Morelos faßte krampfhaft in seine eigene Seite, die Spuren der Nägel dort zurücklassend, und die Muskeln seines Gesichts zuckten wie unter dem Schmerz des Scalpells. —

»Weshalb lachen Sie, Señor?« frug der Knabe erstaunt.

»Wo ist Dein Herr?« frug der Kranke, sich gewaltsam zusammennehmend. — Wie der Schwimmer, mit sinkenden Kräften dem rettenden Ufer nah, noch einmal die Nerven anspannt zum letzten entscheidenden Moment, noch einmal hineingreift in die Fluth und ausstreicht, und die Zähne fest, fest aufeinander beißt, so fühlte er, daß der Augenblick, nach dem sein ganzes Leben gedrängt, ja dem der Geist, selbst krank und bewußtlos, entgegenstrebt, nahe sei, und nur wenige Minuten Fassung j e t z t , ihn siegen lassen müssten.

»Oben in seiner Stube im ersten Stock!« sagte der junge Bursche, durch die ruhige Frage wieder getäuscht, von dem glühenden, aber ernsten Blick doch auch zugleich eingeschüchtert. — »Gleich rechts die zweite Thür,« rief er dem schon treppauf Springenden noch nach; »das Vorzimmer ist offen!«

Der Spanier fü h l t e mehr die letzten Worte, als daß er sie hörte; mit wenigen Sätzen war er oben — das Vorzimmer stand nur angelehnt, er öffnete es, drückte es hinter sich ins Schloß und schob den Nachtriegel vor, und wenige Sekunden später lag seine Hand auf dem Schloß der anderen Thüre, die in das Zimmer seines Todfeindes führte.

Das Herz schlug ihm hörbar in der Brust, aber kein Nerv seines Körpers bebte, wie das Metall selber so kalt und ruhig, hielt die Hand den Griff, nur das Auge blitzte in wildem, unheimlichem Feuer und ein kaltes, fast teuflisches Lächeln zuckte jetzt um seine Lippen.

Leise klopfte er an die Thür, und das laute *entra* von innen warf nur tiefere Gluth in seine Augen, ohne an seiner Stellung auch nur die Bewegung einer Muskel zu verändern.

Er spielte mit seinem Opfer.

Noch einmal berührte sein gebogener Finger die Thür, und lauter und ungeduldiger tönte das scharfe »Herein« des Bedrohten.

Dem Laut nach befand er sich in dem entferntesten Theile des Zimmers, wie aber statt dem Öffnen der Thür zum dritten Mal das Klopfen, nur etwas lauter als vorher ertönte, schallten rasche Schritte von innen, doch ehe sie sich vollkommen der Thüre nähern konnten, riß sie Morelos auf und stand im nächsten Moment dicht vor dem, mit einem jähen Ausruf des Schrecks zurückspringenden Argentiner.

Er wollte schreien, aber das lange, haarscharfe Messer des Feindes blitzte in dessen Hand und die nächste Sekunde, schien es, sollte sein Schicksal entscheiden. Doch über den wunderlich tollen Geist des Wahnsinnigen war ein anderer Schatten gezogen, oder hatte die Gewißheit seiner Rache, das Bewußtsein, den Feind nun endlich im Bereich seines Messers zu haben, der wild ausbrechenden Wuth, die ihn sonst nur bei Nennung des bloßen Namens befiel, die volle Schärfe genommen? Ja, er letzte sich jetzt selber an diesem Gefühl und wenn auch Mord und Blut nur sein erster Gedanke gewesen, als er die Schwelle betrat, so schien es ihn jetzt zu reuen, gleich mit einem Schlag den Jahre und Jahre lang aufgebauten Plan seiner Rache zu zerstören.

»Bst!« sagte er, mit dem warnend emporgehobenen Zeigefinger der linken Hand — »bst — Kamerad — kein Geschrei, die Nachbarn sind munter und du könntest die Polizei im Schlafe stören — siehst Du den Gruß hier?« und er hielt ihm die blanke Klinge lachend entgegen, vor der der Unglückliche scheu und entsetzt zurücktrat — »fürchte Dich nicht, Schatz, es thut nicht sehr weh — den hat mir Felipe für Dich aufgetragen.«

»Was wollen Sie von mir, Unglückseliger?« rief jetzt Don Luis in wilder Angst, denn in den Augen des Wahnsinnigen lag der Tod — »nennen Sie Ihre Wünsche, und bei der reinen Mutter Gottes, ich will sie erfüllen und kostete es mein halbes Vermögen.«

»Bst, bst, Kamerad, sprichst zu laut, viel zu laut,« flüsterte kopfschüttelnd, einen Blick nach der Thüre werfend, der Spanier, »aber eine Frage hätte ich doch an Dich — wo ist Constancia?« — und seine Augen leuchteten und funkelten, als er den Namen aussprach und die Hand umspannte krampfhaft den Griff des Messers.

Don Luis rang augenscheinlich mit sich selbst, aber die Gefahr war zu dringend mit seinem Leben zu spielen und er sagte rasch, die einzige vielleicht mögliche Gelegenheit ergreifend, sich zu retten: —

»Wünschen Sie Donna Constancia zu sehen?«

»Zu sehen?« rief der Spanier schnell und zornig, »nur zu sehen? — wo ist sie? — rasch — unsere Augenblicke sind kostbar.«

»So will ich Sie zu ihr führen,« sagte Don Luis, zum Tisch tretend und seinen Hut ergreifend, »wir brauchen das Haus nicht zu verlassen.«

»Bst, bst, Kamerad,« lautete aber wieder die Antwort seines wachsamen Hüters, »nicht hinaus, mein Bursche, den Weg d o r t find' ich schon nachher allein — wir haben h i e r noch Wichtigeres mitsammen zu besprechen. Nicht wahr, das gefiele Dir, aus dem Thor hinaus hier durch den Hof und in die menschengefüllte Straße mit dem Alarmschrei: »ein toller Hund!« hinauszuspringen? Eine Frage mußt Du mir erst beantworten, Señor — eine Frage, die mir in blutigen Zügen die langen Jahre hindurch im Hirn geschrieben stand und mich, wie die Leute in Buenos-Ayres behaupteten — wahnsinnig gemacht hat — was wurde aus meinem B r u d e r — aus meinem W e i b ?« —

»Don Morelos!« rief der Argentiner entsetzt, denn die Blicke des Feindes sprühten Feuer und es war augenscheinlich, wie er sich nur mit größter Mühe selber noch zurückhielt auf sein Opfer zu springen. — »Doch halt!« rief da der Unglückliche in seiner Todesnoth, denn ein einziger Gedanke an Rettung durchblitzte noch seine Seele, »Sie wollen Nachricht von Ihrem B r u d e r — d i e kann ich Ihnen geben.«

»D u ?« rief der Spanier überrascht, und die Ruhe der Verzweiflung, die in des Gegners Blicken lag, täuschte den sonst so Schlauen.

»Wollen Sie einen Brief von ihm sehen?« frug Don Luis.

»Einen Brief?« — wiederholte Morelos und strich sich wie träumend mit den Fingern über die Stirn — »einen Brief? — wie ist mir denn — einen Brief — von — dem — B r u d e r ?«

»Sie können sich überzeugen,« sagte Don Luis ruhig, »er liegt in jenem Pult, und wenn ich Sie täusche, mögen Sie thun mit mir, was Ihnen beliebt.«

Er nahm einen kleinen Schlüssel von dem Tisch, neben dem er stand, und schritt langsam an Morelos dicht vorbei, dem Pulte zu, als draußen an der Vorsaalthür zwei Mal stark geklopft wurde. Don Luis zuckte zusammen, Morelos lachte.

»Gehen Sie an die Thür, Don Luis,« sagte er zu diesem, »und rufen Sie hinaus, daß Sie beschäftigt sind — der geringste andere Laut, die erste Bewegung zur Flucht aber — doch ich brauche Sie nicht zu warnen.«

Don Luis schritt in furchtbarer Aufregung zur Thür, gehorsam wie ein Kind, und diese halb öffnend — und der Wahnsinnige stand mit der blanken Waffe dicht an seiner Seite — rief er laut, wer da draußen sei.

»Ich bin es, Señor,« rief eine, Morelos wohlbekannte Stimme, »ich, Don Manuel — ich habe Polizei bei mir und wünschte Sie nur auf wenige Sekunden zu sprechen.« —

Über Morelos Gesicht zuckte ein spöttisches Lächeln, aber Don Luis zögerte — dort draußen, wenige Schritt von ihm entfernt stand Hülfe, und er, er mußte hier mit einer Lüge dem Feind sich selber rettungslos in die Hände geben. —

»Bitte, Señor,« sagte der Spanier, mit kalter Höflichkeit, aber jubelndem Triumph im Blick.

»Ich komme gleich — warten Sie draußen auf mich,« rief der Gefolterte und trat von der Thür zurück, die er offen ließ, Morelos drückte sie wieder ins Schloß und schob den Riegel vor.

»Den Brief,« sagte er eintönig.

Don Luis wußte, es war ihm jeder andere Ausweg abgeschnitten, und schritt zum Pult. Dieses öffnete er und zog mit beiden Händen Gefache auf, in die er hineinschaute — er nahm mehrere Briefe heraus und sah ihre Adresse — Morelos stand dicht neben ihm, und beobachtete jede seiner Bewegungen.

»Hier ist er,« sagte er plötzlich, dem Spanier einen derselben hinüberreichend, wie dieser aber mit scheuem Blick die Adresse überflog, griff des Argentiners Hand tiefer in das Gefach und ein Pistol herausreißend, das er im Rückspringen spannte und dem Feind entgegenhielt, schrie er mit der Kraft, die ihm Todesangst und Verzweiflung gegeben, laut um Hülfe!

»Lügner und Narr!« rief Morelos, als er den Brief mit wildem Lachen zu Boden warf und mit dem Fuß stampfte — »bete — denn Deine Seele steht in wenigen Sekunden vor Gott!«

»Hülfe!« tönte des Unglücklichen Stimme und mit dem Ruf zugleich schmetterte der Schuß dem Angreifer entgegen. Die Kugel traf ihn in die Schulter, aber was achtete der Tolle einer solchen Waffe. Draußen brach die Thür zusammen unter dem Andrang der Polizeisoldaten, die den Ruf gehört, aber er hörte das Prasseln und antwortete ihnen mit einem gellenden Triumphschrei, denn unter seiner Hand lag und wand sich das Opfer und sein Messer wühlte in dessen Herzen.

Wenige Sekunden später warfen sich die Diener des Gesetzes gegen die innere Thür, die jedoch, stärker als die vorige, ihrem ersten Anprall kräftigen Widerstand leistete.

»Seid Ihr da?« lachte Morelos, sich emporrichtend dem geglaubten Angriff zu begegnen, »aha, meine Burschen, läßt Euch das Eichenholz nicht herein?«

»Öffnet, Don Luis — öffnet, Señor — im Namen des Gesetzes.«

»Hahahaha!« lachte der Tolle, »öffnet Euch selber und holt Euch Don Luis de Gomez!« und das Fenster öffnend, das auf die, rings den Hof umziehende Veranda führte, sprang er auf diese hinaus und floh, das blutige Messer wieder in seiner Scheide bergend, darauf hin, durch eins der anderen Fenster vielleicht einen Ausgang zu entdecken.

138

14.

Die Verfolgung. — Schluß.

Seine Verfolger waren indessen aber auch nicht müßig gewesen. Der Konsul selber, eben von der Polizei zurückgekehrt, wo er sich schon einen Verhaftsbefehl und Hülfe verschafft hatte, hörte kaum die Schreckensbotschaft, daß der Wahnsinnige zu seinem Opfer eingedrungen sei und wahrscheinlich schon sein Schlimmstes gethan habe, sandte augenblicklich einen Theil der Mannschaft in den Hof, ihn in Empfang zu nehmen, wenn er dort hinunterspringen sollte, und ließ durch eine andere kleine Abtheilung die Hinterthür besetzen, zu der eine schmale Treppe von der Veranda niederführte.

Don Manuel war beordert, dieselbe anzuführen, und ihm ebenfalls der Schlüssel zu dieser Pforte, die gewöhnlich offen stand, anvertraut worden. Seine Ordre war, diese Thür so rasch als möglich zu verschließen und dann das weitere zu erwarten. Don Guzman ließ unterdessen Don Luis Thür sprengen, von wo aus sie den Flüchtigen, blieb er nun auf der Veranda oder zog er sich in eines der Zimmer zurück, leicht erreichen konnten.

Don Manuel säumte auch nicht, solchem Befehle nachzukommen; galt es ja noch außerdem die Scharte auszuwetzen von heut Nachmittag, wo ihn der Tolle überlistet, trotz all seiner Schlauheit; rasch deshalb über den Hof eilend, und die Pforte, durch die er dorthin gelangt, ebenfalls von außen verriegelnd, postirte er seine Leute vor die Hinterthür des Hauses, ohne weitere Ordre, da er sich ihnen augenblicklich wieder anschließen wollte, und er selber lief die Treppe hinauf, die Verandathür zu schließen, als er sich in demselben Moment nicht allein in der Nähe, sondern auch in der Gewalt des Flüchtigen fand, der, die Thür bemerkend, sie gerade aufriß, als Don Manuel den Schlüssel gehoben hatte, ihn in das Schlüsselloch zu

139

schieben.

Der Chilene stand da wie vom Schlag gerührt, und die Überraschung lähmte ihm wirklich im ersten Augenblick alle Glieder. Nicht so Morelos, dessen tollkühner Muth im Nu die sich ihm bietende Gelegenheit ergriff, den würdigen Caballero selber, der zu seinem Verderben hierher beordert worden, zu seiner Flucht zu benutzen.

»Ha, Gott zu Gruß, Compañero,« rief er lachend, indem er mit der Rechten sein Messer halb aus der Scheide ziehend, dem zum Tod Erschrockenen mit der Linken auf die Schulter klopfte; »schon fertig mit der Besichtigung jener alten Zimmer? hahaha, Kamerad, es freut mich, Dich gerade jetzt hier zu finden, ich habe Lust zu einer Spazierfahrt, und Du sollst mich begleiten — Ruhe, Bursche, Ruhe!« zischte er drohend zwischen den Zähnen durch, als er sah, wie des Mannes Hand langsam nach dem Gürtel zu schleichen suchte, »die erste verdächtige Bewegung, und Du bist ein Kind des Todes — so und nun fort.«

Und damit den Schlüssel aus der widerstandslosen Hand nehmend, ohne diesen jedoch aus dem Bereich seines Armes zu lassen, schloß er rasch die Thür hinter ihnen und schritt, seine Hand auf Don Manuels Schulter haltend, die steile Treppe nieder, die sie bald zur Außenthür brachte.

Die dort postirten Wachen staunten nicht wenig, ihren Führer in solcher Begleitung zurückkomme zu sehen, Morelos war aber nicht der Mann, einem gewonnenen Vortheil auch einen Moment nur zu entsagen.

»Zurück, Caballeros!« rief er barsch, als die beiden Wächter nach innen, jedoch wie im Zweifel, zuspringen wollten, und das Messer schaute drohend wieder aus seinem Versteck, »zurück, oder dieser Herr da ist eine Leiche — freiwillig werde ich mich dem Gericht überliefern, und Don Manuel wird mich begleiten — Sie aber gehen zurück und sagen das dem Herrn des Hauses — wenn er mich zu sprechen wünscht, werde ich auf dem Polizeigebäude zu finden sein. — Kommen Sie, Don Manuel,« und den Arm des also Überraschten ergreifend, der gar nicht wußte, ob der entsetzliche Mensch Ernst mache mit seiner Betheuerung, schritt er mit ihm die Straße hinunter, während die Diener der Gerechtigkeit, vollkommen verdutzt durch das ernste, zuversichtliche Benehmen des Mannes — dem sie überdieß nur zu gern aus dem Weg gingen, zurückblieben.

Rasch schritten indeß die beiden Männer die kleine Straße nieder, die nach der Hauptstraße der Stadt zu führte, als sie eine der dort überall haltenden Droschken überholten.

»Halt an, Kamerad!« rief Morelos, dem Kutscher winckend, »fünf Dollar, wenn Du mich, so rasch Deine Pferde laufen, die Almendral hinunterfährst — hier, Dein Geld!« —

»Darf nicht galoppiren, Señor,« sagte der Mann.

»Trabe dann.«

»Die Almendral hinunter?« frug Don Manuel erschreckt, dorthin lag nicht das Polizeigebäude, ein Blick seines Begleiters aber und ein leises Drücken von dessen Arm überzeugte ihn bald, wie er willenlos nur zu gehorchen habe. — Sie stiegen ein, Don Manuel voran, aber ehe ihm Morelos folgte, hielt er sich einen Augenblick an dem Schlag des Wagens fest, er sah todtenbleich aus und es war augenscheinlich, wie er mit einem furchtbaren Schmerz rang.

»Caracho, Señor!« rief der Kutscher, der sich nach ihm umschaute, »Sie sind verwundet.« —

»Ich will eben zum Doktor, Amigo,« lächelte der Kranke, und sich gewaltsam zusammenraffend, hob er sich in den Wagen an Don Manuels Seite.

»Fort, mein Bursche, fort — und was die Pferde laufen können.«

Der Kutscher hieb auf die Thiere und im scharfen Trab rasselten sie eben um die nächste Ecke, als von des Konsuls

Haus die Verfolger niedersprangen.

»Schneller — schneller, Amigo.«

»Ich darf nicht galoppiren, Señor.«

»Ich zahle die Strafe, Freund — Du weißt, Ärzte und Polizei dürfen, und Kranke werden dasselbe Recht haben.«[23]

Der Peon hieb in die Pferde und die Thiere, selber gereizt durch das stete Strafen der Peitsche, griffen aus in vollem Carrière die Straße hinunter.

»Halt an, Compañero,« schrie ein an der nächsten Ecke ihnen begegnender Polizist entgegen, und versuchte dem Wagen vorzuspringen, aber das Handpferd biß nach ihm und er fuhr zurück, während der leichte Wagen vorbeistob, als ob ihn die Winde führten.

»Wo ist das Haus, Señor, die Almendral ist beinah zu Ende,« frug der Kutscher, die Zügel fest in der Hand, den Kopf halb herumwendend.

»Weiter!« war die einzige Antwort, die er erhielt, und donnernde Hufschläge wurden schon hinter ihnen laut.

Jetzt hatten sie das Ende der Stadt erreicht und über eine kleine Brücke hin donnerte der Wagen den letzten Häusern entgegen.

»Ist es hier?« frug der Kutscher noch einmal, und wandte sich seinem wunderlichen Passagiere zu.

»Weiter!« tönte die monotone Antwort — aber die Worte klangen hohl und unheimlich.

»Weiter? — ich fahre nicht weiter!« rief der Kutscher erstaunt, »hier ist meine Grenze.«

»Du fährst,« sagte Morelos eintönig, und er hätte das Messer nicht gebraucht, das er aus der Scheide zog; der Blick, mit dem er dem entsetzten Rosselenker ins Auge schaute, trieb diesem das Blut als Eis ins Herz zurück.

Wilder hieb er in die Pferde, den schrägen Hügel hinauf keuchten die Thiere, mit Schaum bedeckt, schnaubend und in die Zügel knirschend. — Don Manuel sah sich um — zehn oder zwölf Reiter waren in kaum hundert Schritt Entfernung hinter ihnen und ein rascher Satz aus dem Wagen konnte ihn jetzt aus dem Bereich seines Feindes bringen. Aber dessen Hand lag auf seinem Arm und ein eignes, unheimliches Lächeln spielte um seine Lippen.

Die Pferde keuchten und schnoben den Berg hinan — jetzt hatten sie den Gipfel erreicht, aber nur einen scheuen Blick warf der Peon zurück und hieb mit neuer Kraft auf die armen, schon zum Tod erschöpften Thiere.

»Halt — Caracho, verdammter!« schrie die Stimme eines der vordersten der Verfolger in wildem Grimm, »halt, oder ich reiße Dich mit dem Lasso vom Wagen herunter.«

Ein Schlag mit der Peitsche auf die eigenen Thiere war die Antwort — das blanke Messer lag neben dem armen Teufel von Peon und er fürchtete weniger die Drohung des Reiters, als den kalten, drohenden Stahl des entsetzlichen Fremden.

Wieder zog sich der Weg eine kleine Erhöhung hinan, und der Kutscher hieb aufs Neue in seine Thiere, aber deren Kräfte waren erschöpft. Das Sattelpferd, mit dem kurzen Lasso am Gurt befestigt, wollte dem geschwungenen Arm entgehen — noch einmal warf es sich mit der Anstrengung aller Sehnen vorwärts, aber die Glieder versagten ihm den Dienst, und wie es stürzte, war es nicht mehr im Stand, sich wieder zu erheben.

In demselben Moment fast hielten die ersten Reiter neben dem Wagen, und zwei davon, mit geschwungenem Lasso heranreitend, wandten sich gegen den entflohenen Mörder.

»Im Namen des Gesetzes!« rief der Erste, »Ihr seid mein Gefangener, Señor Morelos!«

Don Manuel blickte scheu zu ihm auf — noch immer ruhte seine Hand auf seinem Arm, und dasselbe kalte Lächeln spielte um die bleichen Lippen und stieren

Augen — er war todt.

Die eigenen Pferde vor den Wagen spannend, und es dem Kutscher überlassend, seine abgehetzten und fast aufgeriebenen Thiere nachzubringen, sprengten die Polizeidiener mit der Leiche in die Stadt zurück.

———

Sechs Monate waren seit jenem Tag verflossen — es war Frühling in Valparaiso. — Die Pfirsichen blühten und der Feigenbaum schoß seine saftigen Blätter; die Natur, durch eine lange Regenzeit wieder frisch gekräftigt, trieb und keimte in lustigen Knospen und Blumen, und die Vögel bauten ihre Nester der herrlichen Jahreszeit zu Ehren, und das große Fest einer neuen Auferstehung mit zu feiern in Liedern und Liebe. Warm und sonnig lag der junge Morgen auf der thaubedeckten Flur, und ein frischer Nachtregen hatte den Staub fortgewaschen von den Gräsern, die jetzt blitzten und funkelten in dem goldenen Licht.

In der von Schiffen überstreuten Bai regte es sich ebenfalls von gar geschäftigem Leben. — Boote und kleine Fahrzeuge schossen herüber und hinüber und besonders um ein mächtiges Schiff drängte die kleine Flotte bunt bemalter Nachen, Früchte und Provisionen an Bord zu schaffen für eine lange Reise.

Von der Gaffel des nach London bestimmten Fahrzeugs flatterte lustig die englische Flagge; das Vormarssegel war schon gelöst, der zweite Anker schon driftig geworden und die Raaen flogen herum, die Schothörner der gelösten Segel wurden ausgezogen unter dem fröhlichen, jubelnden Singen der Matrosen, die ja heimwärts gingen.

Auf dem Quarterdeck des Packetschiffs standen alte, liebe Bekannte von uns, aber der Tod hatte eine tiefe Wunde in die Familienbande der armen Leute gerissen, und sie zogen heim, um zu versuchen ob vaterländische Luft den Schlag

144

vernarben könne, der hier wieder und immer wieder aufbrach in bitterem Weh.

Es waren Newlands, und vor zwei Monaten hatten sie ihr Töchterlein hinaufgetragen auf den stillen Gottesacker, zwischen die hohen beengenden Mauern, die den Schlummer der Todten bewachten.

Bills Vater war wieder in See gegangen und sie nahmen den Kleinen mit nach England, ihn dort zu einem braven und wackeren Mann heranzuziehen — bis sie selber der Todesengel abrufen würde.

Heute Morgen noch hatten sie von dem blumengeschmückten Grab ihrer Jenny Abschied genommen und jetzt drückten sie dem letzten Freund die Hand, der in den letzten schweren Monaten nicht von ihrer Seite gewichen und Schmerz und Leid redlich mit ihnen, und oft, ach fast noch schwerer als sie selbst getragen hatte. — Es war Stierna, der junge Schwede. Bill wollte den jungen Mann gar nicht von sich lassen, und die alte Dame hatte seine Hand gefaßt und flüsterte leise.

»Und i h r Grab?«

»Ich kann ihm nicht den heimathlichen Boden geben,« sagte der junge Arzt mit halb abgewandtem Antlitz — er wollte das Herz der alten Frau nicht noch schwerer machen als es war — »aber ich will ihr hier eine Heimath von Blumen bauen, in der fremden Erde — im T o d e wenigstens — da es die L eb en d e dem Freund verweigerte.«

Der alte Mr. Newland drückte dem jungen Mann schweigend und tief ergriffen die Hand.

»Señor, es ist Zeit,« sagte da der Bootsmann, den Stierna mit herausgenommen hatte in den Hafen, ihn zurückzubringen ans Land, wenn das Schiff unterwegs sein sollte — die Segel waren gebläht und mit einer leichten, aber günstigen Brise stand das wackere Fahrzeug dem schmalen Eingang der Bai entgegen, den es in wenigen Minuten erreichen mußte.

145

Stierna griff noch einmal den Knaben auf und küßte seine Stirn, seine kleinen, schwellenden Lippen, und das Herz wollte ihm fast brechen, wenn er in die Augen schaute — noch einmal drückte er die Hände derer, die ihm Vater und Mutter geworden waren in der fremden Welt, und wenige Minuten später schoß der stolze Bau, von den schwellenden Segeln geführt, hinaus in die freie, wogende, offene See — im Heck des kleinen Bootes aber, die Augen in den fest dagegen gepreßten Händen bergend, saß der junge Arzt und weinte wie ein Kind.

Altenburg, Druck der Hofbuchdruckerei.

FUSSNOTEN

1: Gaucho's, die Bewohner der weiten Steppen oder Pampas des inneren Landes, aber nicht die Indianer.

2: Die Henkersknechte des Diktators Rosas.

3: »Es lebe die Conföderation.«

4: »Es sterben die wilden Unitarier.« Beides das Motto der Argentinischen Republik unter Rosas.

5: »Hai-oh!«

6: Besahnwanten, das stehende Tauwerk des hinteren Mastes, das diesen hält und zugleich zur Strickleiter dient.

7: *Correo*, der Postcourier.

8: *Almendral*, ein bedeutender Stadttheil Valparaisos.

9: Vorsehen.

10: Um Gottes Willen.

11: Die niedere Klasse der Chilenischen Bürger, die Arbeiter und Diener.

12 Schenkwirthschaft.

13 Ein kleiner Fluß, der in den La Plata dicht unter Buenos-Ayres mündet.

14: Will verdammt sein, wenn ich's gethan habe.

15: Die kleinen Steinhütten in den Cordilleren, zum Schutz der Reisenden errichtet.

16: Getrocknetes Fleisch, ziemlich der einzige leicht tragbare Proviant unterwegs.

17: Schneesturm.

18: Die Nachtwächter Valparaisos geben einen gellenden Pfiff, wenn Nachts irgend ein Mann an ihnen vorübergeht; dadurch wird der nächste Nachtwächter darauf aufmerksam gemacht, daß noch Jemand auf ist, der eigentlich ins Bett gehörte, erwartet den Wandernden und giebt dasselbe Zeichen, wenn er an ihm vorüber gegangen ist.

19: Der Maté oder Mateh ist ein vegetabilischer Stoff, von der Rinde und den Zweigen gewisser Bäume in Brasilien und Paraguay gewonnen, der von den Südamerikanern, besonders von denen an der östlichen Seite der Cordilleren, aus einem kleinen Flaschenkürbis oder *gourd*, mit einer dünnen silbernen oder blechernen Röhre getrunken, das heißt ausgeschlürft wird, wobei sich der nicht Eingeweihte rettungslos zuerst die Finger, und dann, genau so wie bei uns bei heißer Bouillon, die Lippen verbrennt.

20: Wohlan, so komm, Kamerad.

21: Papiercigarren.

22: Schlachtbänke.

23: Es ist in Valparaiso nur der Polizei und den Ärzten
erlaubt, in der Stadt zu galoppiren.